CW01649469

lapa
UITGEWERS

Bottervisse in die jêm

Deon Meyer

LAPA Uitgewers
www.lapa.co.za

© Teks: Deon Meyer
© Publikasie: LAPA Uitgewers (Edms.) Bpk.
Bosmanstraat 380, Pretoria
Tel: (012) 401-0700
E-pos: lapa@lapa.co.za
Geset in 12.5 op 14 pt Garamond
Uitleg: LAPA Uitgewers
Omslagontwerp: Susan Bloemhof
Gedruk en gebind deur Interpak Books, Pietermaritzburg, KwaZulu-Natal

Eerste uitgawe, eerste druk 1997
Eerste uitgawe, tweede druk 2000
Tweede uitgawe, eerste druk 2008
Tweede uitgawe, tweede druk 2009
Tweede uitgawe, derde druk 2010
Tweede uitgawe, vierde druk 2012

ISBN 978-0-7993-3996-3

Hierdie verhale het oorspronklik in *Sarie*, *Rooi Rose* en *Huisgenoot* onderskeidelik verskyn.

© Alle regte voorbehou. Geen gedeelte van hierdie boek mag op enige manier gereproduseer word sonder die skriftelike toestemming van die kopiereghouers nie.

FSC

www.fsc.org
FSC™ C105735
Die papier wat LAPA Uitgewers en Interpak Books gebruik is gesertifiseer deur die Forest Stewardship Council. Dit kom van woude af wat bestuur word volgens FSC se reëls en regulasies.

Inhoud

Bottervisse in die jêm

"Dit is baie deurmekaar hier," is sy eerste woorde aan my.

Hy staan teen die kosyn van die skuifdeur aangeleun, sy hande in sy sakke, 'n diep frons tussen die oë wat deur die vertrek dwaal.

Ek bring die kwas tussen palet en doek tot stilstand, ongewoond aan besoekers, krities of onkrities.

"Wie is jy?" vra ek met 'n stemtoon wat hom moet laat verstaan ek hou niks van kinders nie.

"Ek is Buks Barnard, ek woon daar in Dolce Vita vier-een-ses en ek is soveel," sê hy sy rympie met vier vuil vingertjies in die lug, onbeïndruk deur my stemtoon. Hy stap die vertrek binne, hande weer in die sakke, oë wat ongewaste koffiebekers, verfblikke en -buise, kwaste, voltooide en halfvoltooide skilderye en potloodsketse op die tafels en vloer ondersoek.

"Wat is jou naam?" vra hy reguit.

"Wat is Óóm se naam."

"My ma sê as sy 'n broer gehad het, sou ek 'n oom gehad het."

Touché. Maar voor ek kan probeer om die oorhand te herwin (het ek dit ooit gehad?), vra hy, met sy oog op die skilderye: "Is jy 'n skuldenaar?"

"'n Skilder."

"Hoekom is al dié mense so kwaad?" Hy haal weer 'n hand uit 'n sak en wys met 'n krom vingertjie na van die kunswerke wat teen die muur aanleun.

"Hulle is nie kwaad nie," sê ek verontwaardig. "Hulle kry seer. Binne."

"Hoekom?"

"Want die lewe is pyn," mompel ek en ek weet hy sal nie verstaan nie. Ek druk-druk ingedagte met die kwas teen die doek voor my. Dan besef ek Buks Barnard is nie meer in dieselfde vertrek as ek nie. Ek sit die palet en kwas vies neer en stap agterna.

Hy staan in die kombuis, voor die yskas, die deur oop, sy rug gebuig, sy neus daar tussen die halfliter melk, twee bottels konfyt, margarien nog in die foelie toegedraai en 'n kwart van 'n pizza. Ek staan in die deur en hou hom dop, ietwat oorbluf deur sy totale gebrek aan maniere. Wat leer ouers hul kinders deesdae?

Hy staan skielik regop en maak die yskas se deur toe. Die frons is terug tussen sy ogies. Hy kyk vol bewondering na my.

"Daar is bottervisse in jou jêm." Hy sê dit respekvol.

"Daar's wat?"

"Bottervisse." Hy maak weer die yskas oop, haal een van die bottels konfyt uit en stap na my toe. Hy maak die bottel oop. Weer die krom vingertjie wat wys. "Kyk daar." Hy hou die bottel omhoog en wys. Ek buk af en kyk. Daar is, hier en daar, mikroskopiese repies margarien in die konfyt.

"Daai cowboys op die televisie gebruik hulle jagmesse vir alles – vir brood sny en smeer en alles. Maar my ma sê dit is die teken van 'n lui mens. Sy sê ek moet 'n mes vir die botter en 'n lepel vir die jêm gebruik, want sy hou nie van bottervisse nie. Sy ken nie cowboys nie. Sy verstaan nie van man wees nie." Hy sug diep en stap terug na my yskas om die bottel te bêre.

Die oulikheid vang my amper, maar ek skud dit af. "Dit is tyd dat jy teruggaan na jou ma en jul bottervislose huis toe," sê ek en sleeptrek hom na die skuifdeur waarby hy ingekom het.

"Okay," sê hy asof hy op sy eie besluit het om te loop. "Sien jou."

Ek draai om, terug na my skildery.

"Wat is jou naam nou weer?" Hy loer om die hoek, met sy swart kuif wat grond toe hang.

"Christo Nienaber. Gaan huis toe."

Die gesig verdwyn.

Ek sit in die lotus-posisie op die mat, worstelend met die wete dat my karma besig is om in dié lewe 'n paar duike op te doen: kunstenaar wees, die pyn van die palet, die eensaamheid van die skeppende gees, die Weltschmerz van die kwas . . .

"Wat doen jy?"

Dieselfde stemmetjie. Ek maak nie dadelik my oë oop nie, probeer om kalm te bly, om aan die laaste strooihalms van die meditasie-beswyming te klou.

"Ek weet jy slaap nie, want jy sit."

Ek maak my oë oop. Ek is kwaad. "Wat soek jy hier? Het jy nie 'n huis nie? Ek wil jou nie hier hê nie. Ek hou nie van kinders nie. Waar is jou ouers?"

"My pa is in die hemel en my ma is by die huis." Hy sê dit sonder om 'n oog te knip.

Ek sug en voel hoe die verleentheid rooi oor my daal.

Buks Barnard hou 'n CD-houer na my toe uit. "Ek het dit vir jou gebring."

Ek neem dit by hom en kyk daarna. Mozart-klaviersonates.

"Maar dit is net om te leen, tot jy beter voel," sê hy.

"Tot ek beter voel?"

"My ma sê dit was die musiek wat Dawid vir Saul gespeel het. Mozart. My ma sê dit sal enigiemand weer sag en mooi van binne maak."

Ek soek ammunisie. "Maar Mozart … Dawid en Saul was lankal dood toe Mozart gebore is."

"Dit is wat ek ook vir my ma gesê het, maar my ma sê dis eintlik die liewe Heer se musiek en Hy kan dit gee vir wie Hy wil, en toe het Hy dit vir Dawid gegee en toe weer vir Mozart," sê hy in een asem, sy stemtoon geduldig verduidelikend, asof hy 'n vierjarige moet leer.

Wat kan ek sê?

Hy vervolg: "Dit moet waar wees, want my ma is baie slim. 'n Rekenmeesteres. Sy maak somme elke dag. Kan ons die musiek opsit? Ek wil kyk of dit werk."

Ek is nie heeltemal ongevoelig vir die oulik-faktor van kinders, klein hondjies en eendjies nie. Die probleem is dat, in al drie gevalle, hulle grootword en ná die metamorfose al die oulikheid verloor. Die enigste manier om jouself daarteen te beskerm, is om hulle van meet af aan soos die finale produk te behandel.

"Nee, ons kan nie die musiek opsit nie." Ek staan op, gee die CD terug en neem weer sy hand. "Jy en Mozart moet huis toe." Ons stap in stilte na die voorste skuifdeur, waar hy weer met 'n "Okay, sien jou," groet.

"Nee," begin ek. "Jy gaan my nie weer sien …"

Ek word onderbreek deur die klokhelder stem wat na hom roep.

"Bu-uks!" Twee soete lettergrepe, halwe note, E en C. "Bu-uks!"

Dan kom sy om die hoek van die meenthuis langs myne en sê: "O, daar is jy. Vir wie pla jy vandag? Ek is jammer, Meneer, hy is 'n regte agie." Sy is hier by my. Sy steek haar hand uit. Ek sien Buks het sy swart hare en sy donker oë by haar gekry.

"Monica Barnard," sê sy, en ek skakel af sodat ek nie

die musiek, die heuning, die speserye in haar stem kan hoor nie.

Ek neem haar hand. "Christo Nienaber." Dan los ek dit weer.

"Die skilder?" vra sy amper hoopvol.

Ek is verbaas. Mense vergeet so gou.

"Ja."

"Kom kyk hier," sê sy en neem my hand, trek my in 'n rigting.

Ek is te verstom om teë te stribbel. Maar nou weet ek waar Buks Barnard sy gebrek aan maniere gekry het.

Ons is 'n optog: sy voor, die lokomotief wat my onwillige vragwa voortsleep, en die kind en die CD dek die agterhoede, om die hoeke van nog twee huise, tot by nommer 416, in by die deur, waar Monica Barnard gaan staan en na die muur wys. "Kyk," sê sy trots en los my hand.

Dit is een van my skilderye, *Wasgoedvrou*. Uit my pre-Christine-periode.

"Weet jy, elke keer wanneer ek moeg of lui of blou raak, dan kom kyk ek na haar. Kyk die lewe in haar oë, daardie mond wat só lekker lag, die hande wat net reg vat, die son wat teen die balie blink. Dit is hoe 'n mens alles in die lewe moet doen: met vreugde."

"Het jy dit geteken?" vra Buks skepties.

"Geskilder, my kind," sê sy ma en trek 'n hand deur sy hare.

"Lank gelede," sê ek en mompel iets van "lekker om u te ontmoet" en stap uit, 'n bangbroek, 'n vlugteling.

Hy kom die volgende middag weer ongenooid. Maar hy sê niks. Hy kom net in, met 'n tassie in die hand, gaan sit op die vloer, maak die tassie oop, haal 'n gekreukelde vel wit papier en inkleurpotlode uit. Dan begin hy teken.

Ek ignoreer hom, konsentreer op my eie werk: *Man met*

kruk. Net nou en dan loer ek in sy rigting. Hy byt sy tong vas, frons in konsentrasie, die vingers nog onbehendig met die inkleurpotlode. Minute word 'n halfuur, langer. Tot hy die papier optel, 'n armlengte voor hom hou en krities daarna kyk. Hy is skynbaar tevrede. Hy staan op, maak weer die tas oop, bêre die inkleurpotlode, haal weer die vervlakste CD uit en plaas dit saam met sy kunswerk op die tafel.

"Okay, sien jou." En hy is tas in die hand by die deur uit.

Ek stap versigtig nader, skuif die Mozart-sonates weg en kyk na die reënboogkleure en ongedissiplineerde strepe wat 'n menslike gesig vorm: kort, blonde hare, blonde baard, 'n kwas in die hand, en ek weet dit is vir my wat Buks Barnard geteken het, behalwe een ding wat glad nie pas nie: die glimlag is tamaai groot tussen die kenbaard en snor, van oor tot oor, die tande ingeryg soos mieliepitte – Buks Barnard se sosiale kommentaar, sy advertensie, sy teregwysing.

Ek glimlag dun en tam en gaan soek plakgoed. Ek wil sy handewerk teen die muur opsit, 'n herinnering.

Sondagmiddag lê ek en slaap, in my eie kamer, in my eie huis, toe hy hier langs my sê: "Ek weet jy slaap, want jy lê en snork."

Ek sal die deur moet sluit. Ek maak my oë oop.

"My ma sê jy moet kom koffie drink en melktert eet." Hy laat dit soos 'n opdrag klink.

Ek reageer nie. Ek wil nie gaan nie. Ek wil nie vir hom of sy ma ken nie.

"Sy het dit self gebak. Sy kan enigiets doen. Sy kan net nie 'n bal skop nie. As ons klaar is, sal ek jou kom help opruim, maar dan moet jy saam met my die bal skop."

"Opruim?"

"Daar voor. My ma sê as 'n mens se plek slordig is, dan dink jy slordig en werk jy slordig. Ek dink dit is hoekom jou skuldenary so slordig is. Maar ons sal dit regmaak. Kom nou. Ek mag nie my melktert eet voor jy nie die eerste stuk kry nie."

Ek wonder skielik of hy my sal uitlos as ek vir hom die hele storie vertel. Van Christine. Eendag, lank, lank gelede, was daar 'n skuldenaar wat gedink het die lewe is 'n lied . . . Nee, hy sal nie verstaan nie. Hy sal net van sy kitsoplossings kom aanbied, soos 'n Mozart-CD of 'n portretstudie in vreugde.

Ek sug. Ek sal met sy ma gaan praat. Sy moet die kind weghou. Ek staan op.

"Jy moet jou hare kam. Hulle lyk erg," sê hy, en dan lag die klein twak vir my.

Daar is twee redes waarom ek nie met sy ma kan praat oor sy besoeke nie. Die eerste is: toe Buks Barnard my in haar sitkamer inlei, sit daar ook ander mense wat gemaklik gesels, wat lag. Dit is te laat om om te draai en ek laat my deur Monica voorstel, aanvaar koffie en melktert, maak die nodigste sosiale geluide.

Die tweede rede is Monica Barnard se stem. En haar oë. Haar swart hare en haar glimlaggende, vol mond. Blote professionele waardering van 'n skilderbare onderwerp. Uiteraard.

Ek verskoon myself so gou as wat sosiaal aanvaarbaar is en stap terug na my meenthuis toe. Ek kry Buks in my voorkamer-ateljee, besig om reg te pak.

"Ek het solank begin, want anders gaan dit donker word en dan kan ons nie bal skop nie."

Eienaardig hoe 'n mens soms 'n klein besluit moet neem oor die alledaagse, oor die stoflike, en hoe dit dan uitkring om uiteindelik jou hele lewe te verander. Op daardie oomblik moet ek kies. Ek kan kies om hom uit te jaag, die huis te verbied, permanent te verban. Só kan ek en my pyn weer alleen wees, soos verliefdes mekaar vertroetel. Of ek kan die ateljee, die chaos wat ek gelate aanvaar, saam met hom regpak.

Eindelik is dit sy besige lyfie wat doelgerig op en af stap, en swaar blikke, rame en skilderye met inspanning en gepofde wangetjies dra-sleep, sy bereidheid om self op te offer voor hy sy beloning kry, wat my laat besluit. Sonder om 'n woord te sê, begin ek die rommel op die groot tafel teen die muur bymekaarmaak. Só baie nuttelose gemors wat 'n mens met jou saamdra.

Toe ons in die sterk skemer met die bal speel, is sy genot soos 'n lig. Hy babbel en hy hardloop en skop en gooi en lag dat sy ogies toetrek en die kuiltjies in sy wange diep plooi.

Ek stap saam met hom in die donker na sy huis, waar ek hom by die deur afsien, maar ek sien vir Monica, agter die oopplan-kombuistoonbank, met 'n voorskoot en 'n blos op haar wange, en 'n houtlepel in haar hand. Ek hoor die musiek wat speel, hoor die klok van haar stem wat saam met die note lui. Ek sien Buks inhardloop en haar druk. Sy buk af en soen hom. Hulle lag.

Ek stap deur die donker na my huis, sit die ligte aan, kry die Mozart-sonates in die CD-speler, 'n skoon doek op die esel en begin skilder: in die somber lig van die skemer speel 'n seuntjie met 'n bal, sy vreugde 'n vlam in die vroegaand.

"Mielie sê grootmense doen drie goed as hulle uitgaan."

Hy sit op die skoon tafel, en sy bene swaai beurtelings terwyl hy my werk krities dophou. Ek werk nie bedags aan *Seun met bal* nie, want hy kan enige oomblik instap. Ek is besig met *Fietsryer*.

"Wie is Mielie?"

"Hy is ook by die kleuterskool. Sy regte naam is Emile, maar almal noem hom Mielie. Hy sê as grootmense uitgaan, dan gaan hulle net óf fliek óf teewater toe."

"Teewater?"

"Ja. Dit is waar mense sit en kyk vir ander mense wat konsert hou."

"Teater."

"Ja. Teewater. Wanneer vat jy my ma teewater toe?"

Ek het nagedink oor my verhouding met Buks Barnard. Ek het gedink hy is nie stout nie. Net onverwags. Ek het gedink ek sal hom verduur, selfs nou en dan kan waardeer. Soos met die regpak van my ateljee. Maar dit was blykbaar nie genoeg vir meneer Verrassing nie.

"Daar is seker baie ander mans wat jou ma teater toe wil vat."

Hy sug. "Ja. Dit is omdat sy mooi is. Maar sy wil nie gaan nie. Sy sê sy wag tot sy iemand ontmoet wat so oulik soos ek is." Hy vou sy arms en sug swaar, asof sy oulikheid 'n juk op sy skouers is. Dan kyk hy op.

"Sy hou van jou," sê hy asof dit heeltemal sin maak.

"Hoe weet jy?" vra ek voor ek kan keer.

"Sy kyk na daardie prentjie van jou. Op snaakse tye, dan gaan staan sy voor die prentjie en dan kyk sy en dan kyk sy hier na jou huis se kant toe."

"O."

Hy spring van die tafel af, skielik opgewonde. "Jy doen mos nooit iets op Vrydagaande nie. Ek sal vir my ma gaan vra of sy saam met jou teewater toe wil gaan." Hy hardloop deur toe.

"Buks!"

Hy steek vas by die deur, kyk terug met groot, onskuldige oë, wagtend dat ek nog iets moet sê.

"Sê vir haar so teen sewe-uur."

Die eerste keer neem ek vir Monica Barnard fliek toe. Ons sit elkeen met ons hande versigtig op ons skote, die gesprek veilig en oor neutrale onderwerpe. 'n Tienderjarige oppasster bly by Buks.

Die tweede keer gaan ons "teewater" toe, 'n Nico Lewis-komedie waar ek lag sonder dat ek dit agterkom, en agterna gaan eet ons wafels met roomys en stroop, en ons gesels tot ons huis toe moet jaag om die oppasster af te los.

Die derde keer gaan ons simfoniekonsert toe en ek hou haar hand vas, en toe ek haar by die deur groet, soen sy my op die wang. En toe kan ek dit nie hou nie en ek soen haar op haar mond, en ek skarrel huis toe met 'n hart wat soos 'n ballon styg.

Ons neem vir Buks die vierde keer saam, 'n Vrydagaand, na 'n Disney-tekenprent, en ek moet hom van die motor af na die huis toe dra toe ons terugkom, want sy lyfie is slap en warm van die slaap. Ek sit hom in sy bed terwyl Monica die koffiewater aansit, en toe ek in die kombuis kom, sê sy sy is honger en vra of ek ook 'n broodjie wil hê. Ek sê asseblief, en sy pak die brood en botter, kaas en konfyt uit, en ons sit gesels-gesels elkeen ons eie broodjies en bou, tot ek later 'n paar pitjies vyekonfyt van haar onderlip moet afsoen en ek vir die eerste keer my arms om haar kan sit en haar teen my vashou en my hande oor haar dik, swart hare kan laat loop.

"Jy kan maar nog slaap. Ek sal net vir jou kyk," sê hy te vroeg die volgende oggend, met 'n stem wat bewe van ingehoue opgewondenheid.

Hy sit langs my bed, op 'n stoel, stip starend na my; sy hande hou iets op sy skoot vas.

Ek kreun en draai om. "Hoe laat is dit?"

"Die lang arm is bo en die kort arm is onder. Dit is al baie laat."

Sesuur in die more. Ek kreun weer.

"Jy moet die lig aansit."

"Ek moet slaap."

"Ek weet alles," sê hy met groot genoegdoening. "Van gisteraand."

Ek sit skielik regop in die bed. "Van gisteraand?" vra ek en sit die bedliggie aan.

"Ja," sê hy en glimlag sy kuiltjie-glimlag. Dan hou hy die konfytbottel triomfantlik omhoog. "Kyk," sê hy, met wysheid ver verby sy jare. "Daar is bottervisse in ons jêm."

'n Man wat kan huil

"Hoe pleit jy, meneer Liebenberg?" vra professor Vermaak.

"Skuldig, Professor." Ek vou my hande op my skoot. Hulle hoef nie te sien hoe ek bewe nie.

Hy sit in die middel van die driemanskap wat die dissiplinêre komitee vorm. Links van hom is die adjunk-registrateur: studentesake, meneer Ronsard Steyn, 'n klein, skraal mannetjie met 'n potloodstreep-snorretjie en 'n been wat senuagtig onder die tafel rukspring. Regs is prof Tienie Grobbelaar, die bejaarde hoof van die departement Romeinse Reg en Regsgeskiedenis, sy lang, grys hare deurmekaar soos gewoonlik, sy oë toe, asof hy slaap. Ek sit oorkant hulle, 'n eiland op 'n stoel in die somber vertrek.

Dit is Steyn wat nie kan wag om sy stuiwer in die armbeurs te gooi nie: "En met reg ook, meneer Liebenberg. Jy besef dat jy geskors kan word vir dié oortreding?" Hy vra dit asof hy nie kan wag om die vonnis uit te spreek nie.

"Ja, Meneer."

"Ek is seker daar is versagtende omstandighede," sê prof Tienie rustig, sonder om sy oë oop te maak.

"Natuurlik," sê prof Vermaak, die lang, formele een.

Hulle kyk na my met afwagting. Steyn se springende been maak 'n ritmiese skuifelgeluid op die dik mat.

Ek wil hulle so graag alles vertel. Maar sal hulle verstaan? Sal dit regtig 'n verskil maak? Ek kyk van my swetende hande af op. Steyn se kraalogies is soos dié van 'n kobra – reg om die gif van skorsing met 'n blitsige pik uit te deel. Hy sal nie verstaan nie. Vermaak? Miskien. Maar hy lyk nie na 'n man wat ooit verblind was deur die liefde nie. Prof Tienie? Hy is die een wat elke dag 'n angelier in die lapel van sy gekreukelde baadjie dra. Miskien is hy my enigste hoop. Ás hy wakker is. Ek wend my tot hom, al kyk hy nie na my nie.

"Dit was die liefde, Professor."

Steyn se been raak stil. Hy beur vooroor. "Die liefde?"

Ek knik.

"Dit lyk my nie jy besef hoe ernstig jou posisie is nie, meneer Liebenberg." Sy been het weer begin spring. "Lighartigheid is uiters onvanpas."

Vermaak lyk ongemaklik, maar sê niks. Ek weet ek is gedoem.

"Laat die jong man verduidelik," sê prof Tienie.

"Dit sal goed moet wees," sê Steyn.

'n Sweetdruppel loop langs my neus af. Die das druk teen my keel. Ek is nie 'n goeie prater nie. Maar nou hang my toekoms daarvan af.

Ek maak my keel senuagtig skoon, my oë weer op my hande. "Alles was okay gewees tot ek vir Sara Nieuwoudt gesien het," sê ek, en my stem klink soos dié van iemand anders. "Toe het alles verander."

Ek sien haar die eerste keer terwyl ek besig is om met Willem 'n sinlose argument te hê. Ek en Willem is die slotpaar van die Shimlas. Ons was ook die slotpaar van die universiteit en die Vrystaat se ondertwintigspanne – en almal sê ons gaan vanjaar die slotpaar van die Vrystaat wees.

"Jy is net eenvoudig te sterk," sê Willem. Ons stap van die rugbyveld af koshuis toe.

"'n Mens kan nie té sterk wees nie," sê ek.

"Jy is nie 'n mens nie. Jy is Diesel Liebenberg."

Hulle noem my al van skool af só, omdat oom Japie Kellerman, wat op die plaas langs my pa s'n anderkant Trompsburg boer, een dag ná 'n skoolwedstryd vir my pa gevra het: "Wat voer jy daardie klong, Lieb? Diesel?"

Willem hou vol: "Dit help nie Coach raas met my omdat my kant van die skrum swaai nie. Dit is jy wat minder moet druk. Jy sal jou krag moet leer ken."

En toe sien ek die meisie op die fiets. Dit is nie asof ek nooit vroumense raaksien nie. Hulle is mos maar oral. Maar hiérdie soort sien het ek nog nooit gesien nie. Dit is asof die son net op háár skyn, asof alles om haar in die skaduwee is. Ek sien haar bruin hare wat agter haar aanwaai, haar oë wat opkyk na die bome, die vel van haar arms wat blink, haar gesig, o, haar gesig, en iets hier in my kop maak 'n kortsluiting, amper soos dié keer toe ek en Slaghuis Strydom in mekaar vasgehardloop het op Loftus . . .

Haar fiets is hier langs ons, tussen ons, verby.

"Haai," sê ek vir haar en gaan staan stil, maar sy hoor nie; haar lang bene in die denim hou net aan om die fiets egalig te trap.

"Watse 'haai' is dit met jou?" vra Willem, maar ek hoor hom skaars. Ek staar haar agterna. En dan sien ek die bome se blare het begin val; ek sien die kleure van herfs en ek wonder waarom ek dit nog nie voorheen opgemerk het nie.

"Waarna kyk jy? Het jy iets vergeet?"

Dan besef ek ek móét weet wie sy is, want ek gaan met haar trou. 'n Mens moet darem jou vrou se naam ken. Ek begin hardloop, want sy is al ver.

"Diesel, wat makeer jou?"

Ek hardloop.

"Jy's mal." Dit is nie regtig wat hy gesê het nie, maar 'n

mens gebruik nie sulke woorde voor 'n dissiplinêre komitee nie.

Ek hardloop.

Sy draai af.

Ek is vaagweg bewus van studente langs die straat wat groet. (Ek is bekend, dalk effens beroemd.) Ek maak die draai net betyds om te sien hoe sy voor Vergeet-my-nie afklim. Ek stoom voort. Sy stoot die fiets na die koshuis se voordeur. Ek moet by haar kom voor sy by die deur in verdwyn. Dameskoshuise sluk mense in.

Ek versnel. En toe moet ek begin rem. Om honderd drie en twintig kilogram op volle vaart weer tot stilstand te bring, is soms 'n bietjie van 'n probleem.

Sy hoor seker my rempoging, want sy kyk om en haar mooi, swart oë word groot. Sy stoot die fiets nog vinniger deur se kant toe. Maar nie vinnig genoeg nie.

Ons ontmoet mekaar net mooi in die oop voordeur van Huis Vergeet-my-nie – ek, Sara Nieuwoudt, haar fiets en haar boeke wat in die fiets se mandjie was. Ons ontmoet teen so min of meer veertig kilometer per uur.

Agterna sou een ooggetuie, met Fisika as hoofvak, sê dit was die perfekte voorbeeld van Newton se eerste wet, wat daarop neerkom dat 'n rustende of bewegende liggaam neig om in daardie staat te bly, tensy 'n eksterne krag daarop inwerk.

Ons vul die voorportaal. Ek lê bo-op die fiets, sy lê onder haar boeke. Sy kom half orent en kyk na my.

"Haai," sê ek weer. Dié keer hoor sy my. "Ek is Diesel Liebenberg. Ek gaan met jou trou."

"Ek hoop dié sinlose vertelling lei iewers heen," sê adjunk-registrateur Ronsard Steyn.

"Jy sal tot die punt kom, meneer Liebenberg?" sêvra prof Vermaak.

"Ja, Professor."

"Wat was haar reaksie?" vra prof Tienie, sy oë steeds toe, maar ek sweer ek sien 'n effense glimlag op sy gesig.

"Sy het stadig opgestaan en haar boeke begin bymekaarmaak, Professor. En toe ek wil help, sê sy 'los'. Net dit. 'Los'. En daardie stémtoon. 'n Mens stry nie met daardie stemtoon nie. Toe staan ek maar daar en kyk hoe sy haar boeke optel en in die mandjie sit; hoe sy die fiets optel en deur 'n agterdeur verdwyn, seker na die fietsloods toe. Toe sê een van die studente op voordeurdiens my been bloei waar iets van die fiets my gesny het. Toe sê ek 'o', en toe ek kyk, hang daar 'n stuk vel, en die bloed loop teen my been af tot op my tekkie. Ek was nog so half verbaas, want dit was glad nie seer nie."

"Kom tot die punt, meneer Liebenberg." Steyn se been spring nou erg.

Ek slaap drie aande na mekaar sleg en speel daardie Saterdag 'n nagmerrie van 'n wedstryd. Voetjies van Rensburg, die haker, is smoorkwaad, want hy sê almal dink dit is as gevolg van sy swak ingooie in die lynstane. Willem praat omtrent nie met my nie. Maar Coach Hanekom, ons afrigter, is 'n man van vele insigte. Hy laat my Sondagoggend na sy huis toe kom en terwyl ons van sy vrou se botterbroodjies saam met tee op die stoep geniet, sê hy: "Jy's verlief, Diesel."

"Ja, Coach."

"Dis jou eerste keer."

"Ja, Coach."

"Dit gebeur met ons almal, Diesel."

"Ja, Coach."

"Dit maak 'n mens deurmekaar. Dit voel of jy siek is. Of jy koors het. Jy kan nie konsentreer nie."

Ek knik.

"Vertel my alles, Diesel."

Ek vertel hom.

"Met vroumense moet 'n mens 'n plan hê, Diesel. Dit is soos 'n wedstryd. Jy moet strategies dink. Jy moet jou bewegings uitwerk. Maar jy moet heel eerste weet waarteen jy te staan kom. Jy het inligting nodig. Jy moet die bewegings, die speelpatrone van die ander span ken. Verstaan jy wat ek sê, Diesel?"

"Nee, Coach."

Hy sug. "Kom ek begin weer van voor af."

Coach roep 'n Red-vir-Diesel-komitee in die lewe, want hy sê hy kan nie bekostig om die beste slot in die Vrystaat se gedagtes op 'n ander plek as op die bal te hê nie. Hy is die sameroeper. Lordan de Villiers, die Shimla- en Vrystaatse losskakel, is die konsulterende lid, want vroumense vrek oor Lordan en hy het die kennis en die kontakte. Ek is die addisionele lid.

Met die eerste vergadering sê Lordan daar's nie 'n probleem nie, hy sal alles omtrent die vroumens uitvind. Gee hom net 'n dag of twee.

Met die tweede vergadering lyk hy mismoedig. Hy het elke moontlike kontak in Vergeet-my-nie gebruik om sy inligting te bekom.

"Ek het nie goeie nuus nie, Coach."

"O," sê Coach bekommerd en my hart sak in my skoene.

"Haar naam is Sara Nieuwoudt."

O, die klank van haar naam. So perfek.

"Sy is 'n tweedejaar-B.A. met Kunsgeskiedenis en Filosofie . . ."

Coach maak die geluid wat die ou manne sê hy altyd gemaak het toe Naas Botha nog vir Tukkies gespeel het.

"Maar dit raak slegter," sê Lordan, diep bekommerd.

"Sy haat rugbyspelers. Sy haat rugby. Sy sê dit is barbaars en versinnebeeld alles wat verkeerd is met mans – hulle onsensitiwiteit, chauvinisme, aggressie. Sy het nie 'n ou nie, maar sy sê dit is omdat sy nog nooit 'n man ontmoet het wat dié soort vrede in homself het dat hy regtig sensitief kan wees nie."

Coach maak weer daardie geluid.

"Sy sê . . ." Lordan sluk, asof dit te erg is om te noem. "Sy sê . . . sy soek 'n man wat kan huil."

'n Stilte daal oor die komitee neer. Dit voel asof my hele wêreld in duie stort. Alles is verlore.

Eindelik sê Coach, verpletterd: "'n Man wat kan huil."

"'n Man wat kan huil," sê Lordan weer bevestigend.

Daar is weer 'n lang stilte.

"Ons het 'n probleem," sê Coach. Hy soek na woorde. "Diesel," sê hy stadig, "daar is 'n ding wat jy moet weet: sekere wedstryde kan 'n man net nie wen nie. Vat nou maar '74 se Leeus. Strategie het nie gehelp nie. Soms is die ander span net beter as jy. Verstaan jy, Diesel?"

Ek sien weer die bruin hare van Sara Nieuwoudt, ek proe weer haar naam op my tong.

"Nee, Coach. Ek verstaan nie. Coach het ons nog altyd geleer dat 'n man enigiets kan doen, hy moet net in homself glo, hy moet net hard genoeg probeer."

"Ons praat hier van huil. En van Diesel Liebenberg. Die Toring van Trompsburg. Ek kan myself baie dinge voorstel, maar ek kan jou nie sien huil nie."

"Ek weet, Coach, maar as ek moet leer huil om met haar te trou, dan gaan ek leer."

"Trou?" vra Lordan geskok.

"Diesel . . ." begin Coach, maar ek val hom in die rede.

"Nee, Coach, ek het klaar besluit. Ek gaan huil. Nou moet julle net vir my sê hoe."

Hulle kyk na mekaar.

Ek gaan lê haar voor by die Kunsgeskiedenisklas en toe sy uitkom, gee ek haar die blomme. "Ek is jammer oor nou die dag," sê ek.

Sy lyk verruklik in 'n ligblou hemp of bloes of 'n ding, en 'n bruin romp. Haar hare blink en die hand wat sy na die blomme uitsteek, is klein en fyn.

"Dankie," sê sy en glimlag effens, en my hart skrum teen my bors. "Ek is ook jammer. Ek was ongeskik."

Lordan de Villiers het gesê ek moet haar nie weer dadelik vra om te trou nie, ek moet eers geduldig wees.

"Ag, dis okay," sê ek. Ek kan nie onthou watter ander goed ek wou sê nie en ek kom tot die punt. "Ek het een keer amper gehuil. Dit was verlede jaar, teen die Pukke. Ons het met een punt verloor omdat ek 'n strafskop afgestaan het."

"O," sê sy en frons so effens, asof sy nie verstaan wat ek sê nie.

Ek wonder of Lordan sal dink ek was lank genoeg geduldig. "Sal jy nou met my trou?"

"Nee," sê sy en glimlag breed, maar dit is vir my, nie mét my nie. Ons is by haar fiets.

"Sal jy saam met my gaan fliek?"

"Nee," sê sy en klim op die fiets. "Maar dankie." Sy ry.

"Hoekom nie?" roep ek verstom agter haar aan.

"Jy speel rugby!" roep sy oor haar skouer en dan is sy weg, om 'n hoek, en ek staan daar met my groot hande nog voor my soos ek beduie het, en ek weet nie wat om te doen nie.

"Rugby is my lewe," sê ek vir Willem.

"Soos dit hoort," meen hy en druk 'n halwe hamburger in sy mond.

"Dit is al wat ek goed kan doen."

Hy knik en kou.

"Maar vir haar sal ek dit los."

Hy stik met 'n luide geproes en sy oë raak waterig. "Jy is van jou sinne beroof," sê hy eindelik met volkome afgryse.

"Wat anders kan ek doen? Ek slaap nie meer nie, ek swot nie meer nie en ek kan sien Coach dink my spel het kwaai agteruitgegaan. Ek is 'n wrak, Willem."

"Vergeet van haar."

"Ek kan nie."

"Jy kan nie? Ek het nie gedink jy sal ooit daardie aaklige woorde sê nie."

"Ek is nie so sterk as wat jy dink nie."

Hy dink na. "Dan sal jy moet leer huil."

"Hoe?"

"Ek sal 'n plan maak."

Nou kyk, as Willem Wiese sê hy sal 'n plan maak, dan moet jy weet die dinge gaan gebeur. Hy is nie die grootste slot wat ek ken nie, korter en maerder as ek, maar vir dit wat hy in grootte kortkom, vergoed hy deur vasberadenheid en geesdrif.

En so begin my reis op soek na Die Traan.

Daardie aand, ná die oefening, beveel hy my om op my bed te lê.

"Wat is vir jou die kosbaarste in die hele wêreld?" vra hy met 'n stuk droëwors in die mond.

"Sara Nieuwoudt."

"Nee man, behalwe die vroumens."

"Frik." My Simmentaler-stoetbul, vernoem na sy Du Preez-naamgenoot.

"Okay, nou maak jou oë toe en dink aan Frik. Sien vir Frik voor jou geestesoog. Sien jy hom? Mooi. Iemand het vir Frik geskiet, Diesel. 'n Veedief. Hy is kwaai gekwes. Frik lê op sterwe. Voel hoe hartseer jy is. Voel dit, laat die hartseer deur jou spoel. Voel jy dit?"

"Nee," sê ek.

"Nee?"

"As Frik van 'n skietwond vrek, dan eet ons 'n jaar lank biltong, ou Willem."

Hy gooi sy hande in die lug en stap by die kamer uit.

Ek lê op my bed en wonder wanneer ek vir Coach moet sê ek gaan rugby los. En ek dink aan die fyn handjie van Sara Nieuwoudt en wonder hoe dit sal voel om dit vas te hou.

Daardie nag slaap ek nie. Die volgende dag bewandel ek die kampus soos 'n skim; ek loop die pad tussen haar koshuis en haar klasse, maar sien haar nie. Mense kyk my met bejammering aan. Dit maak my net meer mismoedig.

Die volgende oggend vat Willem my na 'n fliek toe, 'n hartseer Europese fliek waar die held aan die einde doodgaan. Dit werk nie.

Hy bring vir my 'n boek om te lees. *The Prince of Tides.* Hy sê die vrou by die bib sê dit sal enigiemand laat huil. Ek lees dit dié nag deur. Dit werk nie. Ek kan nie verstaan waarom die held nie net na sy vrou toe teruggaan en al sy nonsens los nie. Willem sê ek moenie worry nie. Hy reël 'n vergadering. Almal moet hartseer stories vertel. Die ouens probeer hard. Hennie Pretorius smokkel selfs 'n ui in en snuif daaraan tot die trane loop, maar ek ruik dit en word kwaad vir hom. Die ouens sê ek wil nie saamwerk nie. Ek kan dit nie help nie. Uie is oneerlik as dit by huil kom, sê ek.

Die Donderdagoggend weet ek iets sal moet gebeur, want ek is moeg van die min slaap, die geknaag aan my senuwees en die verlang na Sara Nieuwoudt, wat ek nie ken nie. Maar my kop sê vir my sy is die een vir my. Die Handelsregprof hou my agter en vra wat aangaan, want my toetspunt is power.

Willem kom sê na middagete hy gee moed op, daar is nie meer opsies oor nie.

Dié aand gooi Coach my uit die span uit.

"Jy moet verstaan, Diesel, dit is nie oor jóu nie, dit is oor jou spelpeil."

Ek sit nog lank op die leë pawiljoen nadat almal weg is.

Die skaduwees trek lang strepe oor die veld, die kiewiete kom eis hul veld terug, maar ek sien niks raak nie. Ek sit met my gesig in my hande. Ek was nog altyd deel van 'n span, vandat ek die eerste keer 'n bal saam met die arbeiders se kinders op die plaas rondgeskop het. Wanneer hulle 'n span moes kies, was ek "keuse nommer een", soos Coach al hoeveel keer gesê het. En nou? Nou het ek niks. Nie 'n slotmaat nie, nie 'n span nie en nie 'n meisie wat my vrou gaan word nie.

Wat het ek gedoen om dit te verdien? Net verlief geraak.

By my is selfbejammering soos 'n Vrystaatse spruit: gewoonlik net 'n droë lopie. Maar as dit goed reën, oorstroom sy walle en word dit 'n magtige rivier wat alles, ook rede en nugtere denke, saam met hom sleep, die hele pad na die See van Totale Mismoedigheid.

Terwyl dit donker word en selfs die kiewiete stil raak, oorweeg ek dramatiese dinge, soos om myself voor die verpleegstudente se bus te gaan gooi, maar met my geluk sal net die bus iets oorkom. Ek besluit eindelik om die aarde te bewandel vir die res van my lewe. Ek sal 'n swerwer word, sonder span, sonder slotmaat, sonder meisie.

Ek staan op, gooi my rugbystewels iewers tussen die leë sitplekke in en begin my eindelose tog noordwaarts. Ek stap oor die kampus, onder die eikebome deur. Die Toring van Trompsburg se kop hang op sy bors, sy sweetpak vir die laaste keer bevlek deur die gras van 'n rugbyveld. Ek stap verby verliefde paartjies wat hand aan hand vir mekaar lag en dit maak die mismoedigheid soos 'n klip in my hart.

Ek hoor eers nie die musiek nie.

Dit moes naby die konservatorium gewees het, het ek later besef. Ek kies kortpad deur die tuine en toe ek in 'n olienhout se takke verstrengel raak en effens tot my sinne kom, dring die klanke tot my deur. Hartseer klanke van klavierspel. 'n Soete melodie wat ek nie ken nie. Dalk 'n student wat iewers in een van daardie baie klein oefenkamertjies voorberei? Ek sal nooit weet nie. Maar dit is musiek waarvan die note my storie vertel. En die verhaal van elke man wat al ooit verlore in die liefde was, wat tevergeefs liefgehad het.

Ek staan en ek luister. Ek word een met elke gebroke hart wat deur die eeue 'n eensame pad moes loop. Soos 'n groot, warm kombers kom die musiek deur die oop venster en bedek my. Die fyn spore van die note trap liggies iets in my los – versteende selle wat bros en sag word en eindelik verkrummel, en iets vloei daaruit.

Toe huil ek. Nie diep snikke en 'n patetiese geteem nie. Diesel Liebenberg is nie daartoe in staat nie. Net trane wat loop, onophoudelik. Ek vee dit nie af nie, ek laat dit drup op die sweetpakbaadjie wat eens my trots was, laat die sout daarvan vermeng met die sout van die sweet en die sout van die bloed, dit is soos dit moet wees.

Ek huil. Die besef is eers net 'n klein, ligte kolletjie in my groot donkerte, maar groei dan; dit word 'n helder son, 'n verblindende waarheid.

"Ek huil!" skree ek, en die musiek daar binne hou skielik op.

"Ek huil!" skree ek en begin hardloop. My voete is vlug, my lyf nou lig. Ek hardloop deur die donker tuin, verby die hoofgebou, tussen studente deur, wat 'n pad oopmaak vir die gillende, voortsnellende verskynsel, onder die straatligte deur. Ek lag, maar die trane loop.

"Ek huil!" jubel ek deur Vergeet-my-nie se voorportaal, teen 'n stel trappe op. 'n Vroumens skree iets van "jy kan nie daar ingaan nie," maar nou soek ek vir Sara Nieuwoudt voor die trane weg is. Ek wil haar in my arms neem en haar die sout laat proe, sodat sy kan sê alles is okay, ons kan trou, want ek kan huil – en ek kan rugby speel. Ek storm in 'n gang af. Meisies skarrel hier en daar en gil hoog en paniekerig. Skielik is ek heeltemal uitasem en verdwaal in die doolhof van die koshuis. Ek besef ek het nie die vaagste benul in watter kamer, op watter verdieping Sara Nieuwoudt bly nie.

"En dit is waar Sekuriteit jou betrap het," sê adjunk-registrateur Ronsard Steyn.

"Ja, Meneer."

"En jy wil hê dié storie moet as versagtende omstandighede dien?"

"Ja, Meneer."

Hy skud sy kop.

"Meneer Liebenberg," sê prof Vermaak, "ek wil hê jy moet 'n rukkie hier vir ons wag. Ons gaan verdaag na die kantoor hier langsaan en oor 'n vonnis besluit."

"Goed, Professor."

Hy en Steyn staan op, prof Tienie sit met sy ken op sy hand. Vermaak druk prof Tienie se skouer. Sy oë gaan oop. "O," sê hy en verrys ook uit sy stoel. En ek weet my enigste hoop het geslaap. Hulle stap in gelid na die deur, maak dit toe.

Sewe en tagtig jaar later – volgens my horlosie so tien minute – kom hulle terug.

Steyn is die een wat die vonnis moet uitspreek.

"Die dissiplinêre komitee het besluit om jou te skors, meneer Liebenberg." My hart val reg deur, tot op die vloer. "Betreding van 'n dameskoshuis is 'n baie ernstige oortreding. So baie van die dames se ouers het met skok op jou optrede gereageer. Daarom kan ons nie anders as om die sterkste moontlike strafmaatreël toe te pas nie."

Ek gaan toe, na alles, wel die aarde moet bewandel.

"Maar," neem prof Tienie nou oor, sy stem krapperig soos 'n ou grammofoonplaat, "daar is, myns insiens, aansienlike versagtende omstandighede. 'n Jong man wat sy hart verloor en sy trane vind, verdien 'n reddingsgordel. Daarom het ons besluit om die vonnis op te skort vir solank as wat jy aan dié universiteit studeer. Tensy jy natuurlik weer in 'n dameskoshuis se gange loop en gil," sê hy en hy glimlag, en ek weet hy het wragtig toe nie gesit en slaap nie.

Toe ek die deur oopmaak, wag Coach, Willem, Lordan en die hele span vir my in doodse stilte. En toe ek glimlag, brul hulle, en dit is 'n skouerkloppery en 'n optellery en omhelsing uit 'n ander wêreld. Maar toe ons buite die hoofgebou by die trappies afloop, word almal skielik stil.

Onder, by haar fiets, staan Sara Nieuwoudt.

Die manne laat my alleen na haar toe stap.

Sy het 'n blom in haar hand. 'n Enkele geel blom, wat sy na my uithou.

"Ek het van alles gehoor," sê sy, en ek weet Lordan se kontakte samel nie net nuus in nie, hulle versprei dit ook.

"Ek is jammer …" begin ek sê, maar sy maak my stil.

"Daar is vanaand 'n volle uitvoering van Mozart se klavierkonsert nommer sewe en twintig in die Odeion. Nie net die stukkie wat jy gehoor het nie."

"O," sê ek.

"Sal jy my neem?" vra sy en sy glimlag die soetste, mooiste glimlag wat ek in my hele lewe gesien het.

En toe huil ek weer, sommer vir die lekker.

Om 'n man te vang

Ek weet hulle spot al met my.

"Louise Luttigh is al agt maande lank 'n polisievrou en sy het nog nie eens iemand vir 'n verstreke parkeermeter gevang nie."

Feit van die saak is, dit is nie my skuld nie. Maar hulle steur hulle nie daaraan nie. Veral die mans. "Gaan saam met my uit vanaand, Louise, dan gee ek jou rede om my te arresteer." Of: "Hier is ek, Louise, boei my aan jou vas. Sluit ons toe." Of: "Arresteer jouself, Louise. Vir diefstal. Jy het nou net my hart gesteel."

Eers was dit net 'n kollegiale geterg. Nou is dit al gewoonte.

Ek doen die middestad op voetpatrollie, van Strandstraat tot Waalstraat, letterlik in die skaduwee van Tafelberg. En daar is maar die gewone stedelike misdaad – van handsakdiewe tot gewapende roof. Wanneer die radio aan my heup knetter, dan hardloop ek. En ek is nie stadig nie. Maar ek is nooit vinnig genoeg nie.

Die arrestasie word altyd deur 'n man gedoen. "A, sien jy is ook hier, Konstabel," sê hy dan, lag en lei die verdagte na die patrollievoertuig.

My woonstelmaat, Inge, het 'n ingewikkelde metafisiese teorie dat skoonheid juis lelike dinge soos misdaad wegstoot. "Jy is te mooi. Daar is jou probleem," sê sy met Germaanse finaliteit en gaan aan om haar lesing voor te berei. Inge kom van Namibië af en gee Duits by die hoërskool hier agter ons teen die berg.

"Gmf," sê ek. "As ek so vervlaks mooi is, hoekom kan ek nie 'n man vang nie? Selfs net om saam met my te gaan fliek."

"Omdat jy 'n polisievrou is. Dit intimideer hulle. Mans het baie klein ego'tjies, jy weet." Aldus die Duitse orakel.

Ek sug en kyk by die venster uit na die swembad en tuin. Al die woonstelle kyk uit op die swembad, want die gebou is daarrondom gebou. 'n Paar mense benut die laaste hitte van die laatmiddag om lyf nat te maak.

Ek en Inge swem nie baie nie, want sy sê sy is nie gebou vir swemklere nie. En ek wil nie alleen gaan swem nie.

Dan sien ek hom. Lank en lenig stap hy, breë skouers, atletiese tred, wye snor en donkerbril, handdoek oor die skouer, net genoeg hare op die bors, vel mooi bruingebrand, hare kort en swart.

"Sjoe," sê ek. "Daardie een se ego kan nie te klein wees nie."

Inge staan op en kom staan langs my by die venster. Meneer Lenig vou sy handdoek netjies op en sit dit op die gras neer, sit sy donkerbril bo-op die handdoek neer en duik grasieus in die sprankelende blou water in.

"Dis die een wat oor die naweek in nommer drie en veertig ingetrek het," sê Inge. Sy weet van alles, want sy drink in die middag ná skool soms tee by die opsigter en sy vrou, wanneer ek kastig my skoonheid as die Polisie se geheime wapen inspan.

"Waar kom hy vandaan?"

"Gauteng."

"Hm. Seker 'n grootwildjagter. Of 'n gimnasium-instrukteur," fantaseer ek.

"Tannie Annetjie sê dit is snaaks, hy sê hy is glo 'n

konsultant, maar hy is die meeste van sy tyd hier, by die woonstel."

"Miskien het hy nie nodig om te werk nie. Miskien het hy 'n skatryk pa," sug ek en staan op. "Wil jy koffie hê?"

"Wortelsap, asseblief."

Ek doen my rondte by die Groentemarkplein se vlooimark toe die radio skielik lewe kry. "Alle reaksiespanne – gewapende roof by Suiderkruis Bouvereniging, hoek van Burg- en Houtstraat . . . Ek herhaal, alle . . ."

Ek luister nie verder nie; ek druk net my pet met die linkerhand vas en hardloop. Twee straatblokke. Dis al. Mense maak vir my 'n pad oop op die sypaadjie as hulle my sien kom. Een lummel fluit vir my, maar ek steur my nie daaraan nie. Ek wil eerste daar wees.

Ek sien Suiderkruis Bouvereniging se uithangbord en trek die rewolwer uit sy skede, hou dit met twee hande voor my bors, nes ek by die kollege geleer is, en kom tot stilstand voor die deur. Die glas is ondeursigtig. Ek weet wat om te doen. Ek druk die deur met my skouer oop en swaai die rewolwer in, half gebukkend, gewig mooi op elke voet versprei.

"Moenie skiet nie, konstabel Luttigh. Ons is aan jou kant," sê Snijders, die kort konstabeltjie met die groot mond wat saam met my begin het, en ek weet hulle gaan vanaand by die stasie weer heelwat hê om oor te lag.

Ek bêre die vuurwapen en glimlag verleë, soos elke keer. Snijders sê die rower is skoonveld en hy het al die speurders laat kom.

"Hoe het jy . . .?"

"So vinnig hier gekom, Luttigh? Voorgevoel. Ons mans het dit net."

Wat kan ek sê? Miskien is hy reg. Die speurders stap in, stel hulself voor. Speurdersersant Johan Kok, jongerig, maar sy kop is so bles soos 'n hoendereier, en speurderkonstabel Van Rhyn.

Sersant Kok het 'n mooi, sagte stem. Hy vra my om te bly, want ek moet bysit tydens die ondervraging van die vroulike tellers.

"O, dié bankrower was baie vriendelik," sê die vrou wat die geld aan hom moes oorhandig. Sy is lank, skraal en blond, met lang, rooi vingernaels en 'n goue ring aan elke vinger. "En hy is so aantreklik. Hy lyk amper soos Tom Selleck. Jy weet, Magnum van die televisie. En hy sê vir my . . ."

"Hy het dus geen vermomming gedra nie," sê sersant Kok met groot geduld.

"Nee. Behalwe die donkerbril. Jy weet, soos Arnie in Terminator Two gedra het. En hy sê vir my . . ."

"Ek wil hê u moet hom so volledig as moontlik beskryf. Haarkleur, gesigsvorm, lengte, gewig, ouderdom. Sal u dit kan doen?"

Sy draai een van haar groot, goue ringe in die rondte terwyl sy dink. "Laat ek sien. Sy hare is swart. Sy oë . . . Ek kon dit nie sien nie, maar ek sou sê . . ."

"Net wat u gesien het, asseblief." Sersant Kok se sagte, mooi stem kry alles met haar reg.

"Goed." Sy rek die woord lank uit. "O, sy snor. So bruinswart. En mooi. So 'n grote, nie so 'n kleintjie soos party mans dra nie. En hy het die mooiste mond."

"Hoe lank is hy, Mevrou?"

"Laat ek sien. Ek is nie 'n kort vrou nie, maar ek moes opkyk. Oor die ses voet. Ses-voet-drie. Ses-voet-vier."

"Dus tussen een-komma-agt en een-komma-nege meter?"

"So iets."

"Is hy skraal? Oorgewig? Atleties?"

"Atleties. Definitief atleties. En daardie kuiltjies. Hy het vir my geglimlag, jy weet. Toe sê hy vir my: 'Moenie skrik nie, skattebol, ek wil niemand seermaak nie . . .'"

Dit is warm ná werk. Baie warm. Ek sê vir Inge ek gaan swem, of sy nou saamkom of nie. Sy glimlag 'n geheimsinnige Germaanse glimlag en sê niks.

Die water is heerlik koel en ek swem rustig vier lengtes voor ek hom aangestap sien kom. Meneer Lenig, met sy handdoek oor sy skouer en sy donkerbril.

"Soos Arnie s'n in Terminator Two," onthou ek die teller se woorde en glimlag. Ek lag amper, want ek dink hoe snaaks dit sal wees as Meneer Lenig die bankrower moet wees en ons is feitlik bure. Dink net hoe sal hulle my dan spot.

Ek klim uit die water en gaan sit op my handdoek. Meneer Lenig stap verby my, op pad na die water, kyk skielik vir my en glimlag. "Haai," sê hy. My keel trek toe en my hart val my aan en ek maak 'n klein, lamlendige groetbeweging met die vingers van my regterhand, want die woorde sit in my keel vas.

Ek weet ek kan nie, mág nie daar wees as hy uit die water kom nie. Ek hardloop op woonstel toe, bars by die deur in en sê: "Hy het vir my haai gesê."

En Inge sê: "Ek wil net gou julle troukoek in die oond kry."

Toe skater ons van die lag.

Ek is besig om in Strandstraat vir toeriste te beduie hoe om by die Tuine te kom, toe sersant Kok skielik langs my verskyn. Hy wag dat ek klaar praat met die toeriste. Hy het 'n baadjie aan met bruin en swart blokke op en ek wonder of hy 'n vrou of 'n meisie het wat hom kan leer om reg aan te trek.

"Ek het vir jou 'n identikit van Skattebol gebring," sê

hy sag, vryf met sy hand oor sy bles en gee die skets aan. "Miskien loop jy hom raak."

Ek snap nie dadelik wie "Skattebol" is nie, maar dan sien ek die skets en bring die kloutjie by die oortjie.

Skielik voel dit asof iemand my met 'n Casspir omry, want die bankrower kon volgens die identikit baie maklik Meneer Lenig gewees het.

"Hoekom lyk jy so bleek?" vra sersant Kok besorg en sit sy hand versigtig onder my elmboog.

"Iets wat ek geëet het," sê ek en bedank hom vir die skets.

"Dit is 'n plesier," sê sersant Kok en skuif sy das reg. Sy das pas nie by sy baadjie nie.

"Dit lyk glad nie soos hy nie," sê Inge. "Jou probleem is dat jy niks anders op die brein het as die swembadman nie."

"Komaan, Inge. Daar is sterk ooreenkomste. Selfs die donkerbril is dieselfde."

"My broer het een van daardie brille. Hoekom ry jy nie nou plaas toe en gaan arresteer hom nie? Dis net 'n duisend vyfhonderd kilometer. En jy het genoeg bewyse."

Ek kyk weer na die skets. "Jy dink nie dit lyk soos hy nie."

"Nee. Gaan swem tog nou. Ek weet jy wil."

"Nie vanmiddag nie," sê ek en sit die koffiewater aan.

Konstabel Snijders, die kort een met die groot mond, stap saam met my deur 'n stegie tussen twee toringblokke.

"Ek wil vir jou iets vra, Luttigh."

Ek ken hom nie so hoflik nie. "Wat is dit, Snijders?"

"Ek het twee kaartjies vir die krieket Vrydagaand."

Ek snap nie dadelik dat hy my wil uitvra nie.

"Baie geluk, Snijders." Dan besef ek wat hy vra, en skielik dink ek hy is nie só kort nie. Hy is nog steeds langer as ek.

"Nee, ek bedoel . . ."

Die radio's op ons heupe kom in stereo aan. "Aandag, alle reaksiespanne. Bankroof in Adderleystraat. Tak van Suiderkruis Bouvereniging . . ."

Ons hardloop. Snijders is vinnig. Ek verstaan skielik hoekom hy gewoonlik voor my op 'n misdaadtoneel is. Maar ek hou by. Vandag gaan ek minstens saam met iemand 'n arrestasie doen.

Toe ons om die hoek kom, staan die geel patrollievoertuig al voor die bouvereniging-tak se deur. Snijders se vaart neem skielik af en ek hardloop amper in hom vas. Hy kyk met ongeloof na my en na die uniformmanne wat voor ons opgedaag het.

"Dit is aansteeklik, Luttigh." Hy skud sy kop.

"Wat bedoel jy?" vra ek omdat ek aan niks anders kan dink nie, terwyl ek wonder wie hy gaan vra om saam met hom krieket toe te gaan.

Ons stap by die misdaadtoneel in. Die rower was al weer te vinnig.

"Hy het my skattebol genoem," hoor ek die een teller vir 'n uniformman sê.

Ek haal die identikit uit my hempsak, vou dit oop en wys dit vir haar.

"Dis hy," sê sy. "Dis hy. Hy lyk net soos Tom Selleck. Sy hare is net swart."

"Kry vir sersant Kok," sê ek vir Snijders.

Ek sit by die swembad met sonbrandmiddel, 'n donkerbril en 'n boek. Ek wil 'n man vang, maar ek is nie seker hoekom nie.

Die middag is nie baie warm nie en die suidoos waai.

Ek is die enigste een by die swembad. Dan sien ek hy kom aangestap.

'n Bankrower stap nie só nie, dink ek. Nie met soveel atletiese grasie, so ontspanne nie. 'n Bankrower sal oor sy skouer kyk, daar sal 'n dringendheid in sy treë wees. Wie het in elk geval al gehoor van 'n bankrower wat elke middag ná werk kom swem?

Hy doen sy handdoek-en-donkerbril-ding en stap langs my verby. "Haai," sê hy weer en glimlag. Ek sien sy oë is bruin. My hart klop aan my ribbes en vra om uit te kom en ek wonder of dit van bangheid of verliefdheid is.

Hy swem die een lengte na die ander met grasieuse gebrek aan inspanning. Ek smeer sonbrandmiddel op my vel en maak of ek die nuutste Afrikaanse blitsverkoperroman lees.

Toe hy klaar geswem het, stap hy druppend verby my tot by sy handdoek. Hy droog sy hare af, met sy rug na my toe. Ek sien die klein spiertjies van sy rug en die groot spiere van sy skouers, en ek maak die boek oop en begin sommer op 'n plek lees.

"Ek het jou gister gemis," sê hy, en van skrik byt ek my onderlip vas.

Ek klap die boek toe. "Ek het gewerk," lieg ek glad.

"O. Watse werk doen jy?"

Die moontlikhede van wat kan gebeur as ek hom die waarheid vertel, flits deur my gedagtes.

"Ek is 'n . . . sekretaresse," sê ek met net een hartklop se vertwyfeling, en terwyl my hart vinnig klop, vra ek: "En jy?"

"Konsultant," sê hy en stap tot langs my. "Mag ek maar hier sit?"

"Asseblief." Ek wag tot hy gemaklik is. "Watse soort konsultant?"

"Finansiële konsultant. Ek werk met ander mense se

geld." Hy glimlag speels. Hy steek sy hand uit. "My naam is Theuns Richter." Hy kyk my in die oë en ek neem sy hand; dit is warm en ferm en manlik en . . .

Ek skrik wakker. "Louise Luttigh." Dan onthou ek ek was nog nie tevrede met sy verduideliking van sy beroep nie. "Wat doen 'n finansiële konsultant?"

"Is jy seker jy is 'n sekretaresse?"

'n Casspir ry oor my ingewande. "Hoekom?"

"Jy klink soos iemand wat 'n onderhoud voer." Hy glimlag weer onder sy breë snor. Ek sien die kuiltjies hier langs sy snor en ek weet hy het net 'n grappie probeer maak.

"Ek is net nuuskierig. Ek ken nie mense met sulke indrukwekkende titels nie."

"Dit is glad nie indrukwekkend nie. Ek lewer 'n diens aan mense, help hulle om hul geld op die regte manier te belê, of dit nou aandele, versekering, rentebeleggings of wat ook al is."

"Geniet jy dit?"

"Die groot voordeel is dat ek van die huis af kan werk en my eie ure kan bepaal. Ek is baie lief vir die buitelug, vir pakstap veral. Dit gee my tyd daarvoor."

"Ek is ook lief vir pakstap," sê ek opreg, want ek het een keer saam met 'n groep in die Magaliesberg gaan stap toe ons op kollege was.

"Wonderlik," sê hy. "Dan moet jy asseblief Saterdag saam met my kom. Daar is 'n wonderlike dagroete teen Tafelberg op."

"Sy naam is Theuns Richter. Dit pas hom, né? Hy is 'n finansiële konsultant en hy het my gevra om oormore saam met hom te gaan stap op die berg. Ek sê vir jou hy is fantasties en daardie glimlag van hom is só mooi en lekker dat dit vet maak ..." sê ek amper uitasem vir Inge.

Sy sit en opstelle merk. Sy kyk nie op nie. "Het hy die bankrowery gelos?"

"Ag, man, ek het 'n fout gemaak. Theuns sal nooit . . . As jy hom ken . . . Dit is net onmoontlik," probeer ek verduidelik, maar dis hopeloos, want sy ken hom nie.

"En sy ego is nie geïntimideer deur jou beroep nie?"

"Wil jy koffie hê?"

"Jy het vir hom gelieg," sê sy met sekerheid.

"Ek sal hom Saterdag alles vertel. Ek belowe."

Sy prewel iets in Duits wat soos 'n skietgebed klink.

Vrydagoggend is daar 'n klein beriggie op die voorblad van die koerant. *Skattebol-rower slaan weer toe.* Hulle haal die tellers aan wat sê hoe aantreklik die verdagte is en sê hy het 'n modieuse bruin leerbaadjie en bruin broek aangehad. Ek wonder of Theuns Richter 'n modieuse bruin leerbaadjie het.

Die dag wil nie verbygaan nie. Laatmiddag is daar 'n motorongeluk by die kruising van Lang- en Waalstraat en ek kom later as gewoonlik by die huis.

Inge is nie alleen nie. Kort konstabel Snijders is by haar. Hulle gesels soos ou vriende. Ek onthou van die krieket en ek weet ek sal moet nee sê. Want as Theuns sien ek gaan saam met iemand anders uit . . .

Ons groet en ek sit die ketel aan, maar Snijders is skielik haastig en effens skaam. "Sien jou Maandag, Luttigh. Totsiens, Inge," groet hy en is daar uit. Ek is maar verlig.

"Ek gaan saam met hom krieket toe vanaand," sê Inge en sy bloos.

Ek staan met die teelepel koffie tussen blik en beker, versteen van ongeloof.

"Hy het eintlik na jou kom soek. Toe is jy laat. Ons het baie lekker gesels. Toe vra hy my. Toe sê ek ek sal gaan as jy nie vir my kwaad sal wees nie. Is jy kwaad vir my?"

Theuns Richter het 'n modieuse bruin leerbaadjie aan toe hy my vroegoggend by die woonstel kom haal. Ek wil lag, want ek kan nie glo dat 'n regte bankrower sy werksklere op 'n Saterdag ook sal dra nie.

"Ons moet gou vir jou 'n gemaklike rugsak gaan koop," sê hy besorg toe hy my ou, verslete seilsak sien.

"Ek het nie genoeg . . ."

"Ek sal jou nie toelaat om te betaal nie, Louisa."

Ek is mal daaroor as hy my Louisa noem. Ek stribbel effens teë, maar hy is 'n vasberade man. By die winkel haal hy sy beursie uit. Dit is groot en van swart leer gemaak. Ek sien die note. 'n Dik stapel. En ek weet ons sal die Skattebolrower gou moet vang, want my senuwees gaan dit nooit hou nie.

Maandagoggend is kouefrontkoud en nat, maar my hart is warm. Ek en Inge het Sondag in 'n waas van giggelende bakvissie-verliefdheid deurgebring. Sy is mal oor Snijders en ek het al my bruidsbylaes gaan opdiep uit die kas.

Theuns was wonderlik. Besorg, rustig, humoristies, ernstig, romanties. Ons het Saterdagaand gaan uiteet by 'n restaurant in die hawe. Hy het my by die woonstel se deur gesoen tot ek gedink het die stopsels in my mond gaan smelt.

Sondag moes hy werk – 'n kliënt op Worcester gaan spreek. Dit het my en Inge kans gegee om met skreeusnaakse verbeeldingsvlugte die gesamentlike troue te beplan.

"Alle reaksiespanne," knetter die radio, en ek begin al hardloop van pure skrik. "Bankroof by Suiderkruis Bouvereniging in Buitengrachtstraat."

Ek weet dit is Skattebol. En ek wil hom hê sodat ek kan ophou om my te bekommer elke keer as Theuns 'n leerbaadjie of 'n beursie vol geld of 'n donkerbril by hom het.

Ek hardloop soos ek nog nooit gehardloop het nie. Oor strate, waar motoriste met skreeuende bande en geïrriteerde toeters vir my plek maak. Oor sypaadjies, waar mense oorbluf uit die pad skarrel. My pet val af, maar ek ignoreer dit. Die blaas op my linkervoet van Saterdag se pakstap brand. Ek hardloop.

Skattebol is dié keer nie vinnig genoeg nie. Hy hardloop by die bouvereniging se deur uit toe ek om die hoek kom. Hy het 'n voorsprong van honderd meter. Hy sien my en kies koers hawe se kant toe. Afdraand. My sterk punt.

Dit is moeilik om mooi te kyk as jy hardloop soos jy nog nooit gehardloop het nie, en jou bors hyg en jou longe brand en die blaas op jou voet is 'n kool vuur.

Maar ek weet dit is nie Theuns nie, want Skattebol hardloop sonder grasie, sonder die atletiese lenigheid van my swembadman.

Ek haal hom nie in nie. Sy treë is langer. Sy bene ook. Die afstand rek.

My woonstelmaat se aanstaande kom tot ons redding. Snijders verskyn uit 'n systraat asof hy gestuur is, en hardloop skuins in Skattebol vas. Hulle sloeg grond toe. Snijders se kop klap teen die randsteen en ek sien hy bly lê.

Skattebol het ook seergekry. Hy staan van die grond af op, maar sy linkerbeen wil nie meer lekker werk nie. Hy sukkel kruppel orent en maak weer aanstaltes see se kant toe.

Sy rug, die bruin leerbaadjie, is skielik hier voor my. Ek het my rewolwer in die hand en ek duik, my knie na sy stuitjie gemik. Hy syg neer, ek bo-op hom, sy gesig in die stof, die donkerbril in twee stukke.

Ek druk die rewolwer se loop diep in sy nek weg, rem sy arms agtertoe, druk sterk met die knie in sy midderug en knip die boeie om die polse.

Myne. Net myne.

Ek staan op en rol hom met die voet om.

"Haai, Louise," sê hy, maar hy glimlag nie, en ek verlang na sy kuiltjies en ek huil voor ek die arrestasie op die radio kan inroep.

Inge klop aan my slaapkamer se deur.

Ek blaas my neus, staan op en maak oop.

"Hier is iemand vir jou." Sy het haar begrafnisgesig op vandat ek huil-huil huis toe gekom het.

"Ek wil niemand sien nie."

"Kom, spoel af jou gesig en borsel jou hare," sê sy met Duitse gesag. Ek gehoorsaam. Dan stap ek saam met haar sitkamer toe.

Sersant Johan Kok sit op die punt van die stoel met 'n verlepte angelier in sy hand. Sy baadjie het strepe en sy das het strepe en sy hemp het strepe en sy bles blink dof.

"Ek het jou net kom gelukwens met jou eerste arrestasie," sê hy met sy mooi, rustige stem, en ek sien hy het blou oë en dit pas by sy blou das.

"Ek sit die ketel solank aan," sê Inge. Haar begrafnisgesig het verdwyn.

Helena se kortverhaal

"Skat, ek bring mense vir ete."

"Vanaand?" vra ek in absolute ongeloof en probeer die gehoorstuk buite die bereik van Pierre se grypende handjies hou.

"Ja," sê Gustav met finaliteit aan die ander kant van die telefoonverbinding.

"Maar dit is amper twee-uur," weeklaag ek en plaas weer die fopspeen in Gustav junior se mond.

"Skat, dit is die groot een dié. Jy móét my help."

"Waarom neem jy hulle nie na 'n restaurant toe nie?" Pierre rem aan die koord tussen die gehoorstuk en telefoon en ek moet die instrument vang net voor dit op die grond beland.

"Die Japanners doen nie só sake nie. Hulle wil ons huis sien, my gesin ontmoet. Ons tradisionele kos proe. Vir hulle is dit deel van die transaksie."

Ek laat my oë vlugtig oor die huis en gesin dwaal wat die Japanners so graag wil ontmoet. Dit is nie 'n mooi toneel nie. Die wêreld lê besaai met speelgoed in verskillende stadia van ontbinding. Pierre is so vuil soos net 'n tweejarige kan wees nadat hy "tuinwerk" gedoen het. Gustav junior het vanoggend, ná elf maande waarin hy gevoer is, besluit hy wil sélf probeer eet. Daar is selfs droë papstrepe op sy voorkop. En sy doek ruik verdag. Ek sit nog in my kamerjas, my hare ongekam, my gesig grimeringloos. Twee-uur in die middag en vuisvoos.

"Is jy nog daar?" Gustav se stem het weer daardie moegheid wat die afgelope tyd al hoe meer deurslaan. Asof hy nou al weet die ete vir die Japanners gaan 'n klaaglike mislukking wees.

"Hoe laat bring jy hulle?"

"Sewe-uur."

Dit is te vroeg. Nege-uur sou te vroeg gewees het. Elfuur ook. Maar wat kan ek sê?

"Hoeveel is daar?"

"Vier. Almal mans." Hy bly 'n oomblik stil. Dan sug hy. "Helena, asseblief. Dit . . . ons toekoms is op die spel."

"Ja, Gustav." Ek sit die gehoorstuk neer. En ek huil. Ek huil oor die moegheid in my man se stem. Daardie moegheid wat sê hy weet hy kan nie op my vertrou nie. Daardie moegheid wat sê ons huwelik het 'n permanente skietstilstand geword. Daardie moegheid wat sê hy maak hom gereed vir die ergste. Soos gewoonlik.

En dit is my skuld. Dit het 'n jaar gelede begin, so 'n maand voor Gustav junior se geboorte. Ek het vir Gustav een aand gesê ek gaan nie ná die kraamverlof terug klaskamer toe nie. Hy was verbaas. "Ek dag jy is mal oor skoolhou?" Ek het vir hom gesê ek wil voltyds probeer skryf. Die sukses met my tydskrifverhale het my genoeg selfvertroue gegee om my eerste roman aan te pak. Gustav was opgewonde, geesdriftig. Hy het my skryfkamer self gaan uitverf, met Miriam, ons huishulp, gepraat, my ou Royal-tikmasjien laat versien.

Ek wou egter 'n rekenaar hê. Ek, wat nie eens 'n voedselverwerker wil gebruik nie, want 'n mens het 'n graad nodig vir die aanmekaarsit en uitmekaarhaal en skoonmaak daarvan. Ek, die tegnologiese ongeluksvoël, wou 'n rekenaar hê met 'n professionele woordverwerkingsprogram, want ek wou ernstig skryf.

Junior is skreeuend en verkreukel gebore, met Gustav

se oë en my hande. Pierre was jaloers van die oomblik dat ek die nuwe baba huis toe gebring het. En, 'n maand later, nadat alles effens gekalmeer het, het ek voor die rekenaar gaan sit.

Ek sit nou nog voor die rekenaar, laataand of vroeg-oggend of wanneer die seuns per ongeluk albei op dieselfde tyd slaap. Dan staar ek na die skerm en die toetsbord, maar daar is niks. Nie 'n storie nie, nie 'n karakter nie. Nie eens 'n titel nie.

"Begin eers weer met 'n kortverhaal," het Gustav aangemoedig.

Maar 'n kortverhaal wou ook nie geskryf word nie. Dit was soos gif wat deur my wese versprei om alles te verlam. My selfvertroue, my energie, my huwelik.

Junior huil skielik vreeslik. Dit ruk my uit my selfbejammering. Ek kyk op. Pierre is besig om hom aan die enkel te byt. Ek wonder vlugtig waar die woord bróéderliefde vandaan kom, wanneer Pierre gaan ophou om sy broer aan die enkel te byt en hoe laat dit is. Kwart oor twee. Minder as vyf uur oor. Ek vee die trane af. Ek sal minstens moet probeer, al is dié ete klaar gedoem tot mislukking. Ek stap kombuis toe om vir Miriam te sê van die Oosterse inval. Sy moet maar solank begin messegoed poets.

Tradisionele kos? Braaivleis? Gustav kan vleis braai en ek sal 'n slaaitjie . . . Nee. Sal nie werk nie. Ek gaan haal die *Kook en geniet.*

Bobotie. Dit is vinnig en maklik. Met geelrys. En groenbone en gebakte aartappel. Daarna die vinnige mikrogolfbruinpoeding. Nie 'n tradisionele nagereg nie, maar wat, ons verhef dit vanaand tot dié status. Want dit is al wat ek in die mikrogolf kan maak sonder dat dit ontplof.

Ek glimlag. Die verligting van 'n gefinaliseerde spyskaart laat my beter voel. "Dink positief," sê Gustav altyd. Nou goed. Ek stap vrieskas toe. Die maalvleis sal moet ontdooi. Gou by die groentewinkel oorkant Bellville se biblioteek vars boontjies, uie en aartappels kry. En wyn by die drankwinkel. Sommer rooi en wit.

Ek begin geesdrif opbou. Sewe-uur is meer as vier en 'n half uur weg. Dit kan gedoen word. Eers die kinders skoon kry, self vinnig aantrek, hare borsel, 'n bietjie grimering en dan winkels toe.

Negentien minute later is ons op pad voordeur toe, met 'n paar laaste versoeke aan Miriam. Stryk tog asseblief die wit tafeldoek, spoel die kristalglase uit, haal asseblief die deftige sout-en-peperpotjies uit.

Ek draf uit motor toe, gespe die seuns elkeen in 'n veiligheidstoeltjie vas en trek weg, gereed vir Operasie Inkopies.

Halfpad tussen die huis en die groentewinkel gaan die motor staan. Nie eensklaps nie. Met die eerste proes trek my maag op 'n knop, met die tweede weet ek daar is moeilikheid en teen die derde proes mik ek al sypaadjie toe, want dan sny die enjin uit.

Dink positief.

Junior begin huil, want hy hou net van 'n motor terwyl die wiele rol. Ek klim oor die sitplek en soek sy fopspeen, nog nie bereid om paniekerig te raak nie.

Die motor is verlede maand nagesien. Daar was geen tekens van probleme nie. Waarom nou? Ek kry die fopspeen, druk dit in die gapende opening en stilte daal weer neer.

Ek trek die enjinkap se knip van binne oop, klim uit en lig die kap op. Alles lyk reg. Wat beteken daar is nêrens stoom, rook, olie, water of petrol wat uitborrel, -spuit of -lek nie. Ek pluk-pluk hier aan 'n draad en daar aan 'n pyp, maar wil nie my hande vuil maak nie. Dan stap ek om, draai die sleutel en stuur 'n skietgebed op. Die aansitter kerm soos 'n moeë insek, maar verder niks. Ek kyk onwillig na my horlosie. Sewe minute voor drie. Daar is vier uur oor.

Paniek is baie soos 'n kind wat masels kry. Die een oomblik is daar niks, die volgende is dit oral. Maar ek stoei daarteen. Dink positief, hoor ek weer Gustav se stem. Doen dit volgens die nommers, sê hy. Beplan. As jy jou dag beplan, kan die krisisse maar kom.

Ek haal diep asem. Ek moet iemand kry wat kan help. Soos 'n man. Daar is baie van hulle wat verbyry. Ek moet net een so ver kry om stil te hou. Ek spring weer uit, gaan staan agter die motor en waai vir die eerste voertuig wat aankom.

Dit is 'n minibus-taxi. Ek skrik vreeslik, hou op met waai en kyk sommer anderpad.

Die taxi hou stil.

Iewers het iemand geskryf 'n mens moet versigtig wees vir wense; dit kan dalk net waar word. Ek het gewens vir 'n man. Elf van hulle peul by die taxi uit.

"Probleme?" vra die taxibestuurder, wat my eerste bereik.

"E . . ." sê ek en dink kliphard aan 'n verskoning waarom 'n vrou en twee kinders langs die pad sal staan met 'n oop enjinkap. Maar ek het mans se instink om 'n hulpelose vrou te red, heeltemal onderskat. Hulle stroom almal verby, enjin toe. Hulle praat in Xhosa, wys met vingers na verskillende enjindele, stry en argumenteer.

"Draai die sleutel asseblief," sê die taxibestuurder.

Ek spring in en draai die sleutel. Joegoejoegoejoegoe maak die enjin.

Al elf mans luister aandagtig, hou die enjin met valkoë dop. Die bestuurder hou sy hand in die lug en ek los die sleutel. Al elf begin weer kennersmenings gee.

Die bestuurder loop om na die deur toe. "Is daar petrol?" vra hy.

Natuurlik is daar petrol. Dink die man ek is onnosel? "Ja," sê ek en sukkel om die verontwaardiging uit my stem te hou.

"Laat ek sien," sê hy.

Ek draai die sleutel om die instrumente aan die gang te kry. Die brandstofnaald bly lê.

Hy lag. "My vrou doen dit ook. Elke paar weke."

Hy draai om en sê iets in Xhosa vir sy passasiers. Hulle lag hartlik, skud hul koppe en kyk na my soos alle mans doen as 'n vrou pas 'n gek van haarself gemaak het. Hulle stroom terug minibus toe.

"Daar is 'n motorhawe om die hoek. Ek gaan haal gou 'n liter of twee," sê die bestuurder. Ek roep my dank agterna, en toe is hy weg met 'n geskree van bande. Dié lawaai laat Pierre en Gustav onmiddellik huil.

Tien oor drie staan ek met die trollie by die groentewinkel se betaalpunt. Twee engelgesigseuntjies sit tussen die groenbone, aartappels, uie, tamaties, blaarslaai en komkommer. Die kinders hou van trollies en inkopies, want die trolliewiele rol mos. Dit is my beurt by die kasregister. Ek haal die groente tussen die seuns uit en pak dit op die toonbank. Die vrou se vingers dans oor die knoppies. Ek maak my beursie oop om die sewe en twintig rand, vyf en sestig sent te vereffen. Daar is net 'n eensame groen noot wat terugstaar. Ek het vir die taxibestuurder 'n twintigrandnoot vir die petrol en uit dankbaarheid gegee. In my haas om daarna by die groentewinkel te kom, het ek nooit aan die implikasies gedink nie.

"Ek het nie genoeg geld nie," blaker ek dit uit en begin huil, want skielik is sewe-uur heeltemal te naby en ek het nog niks reg gedoen vandag nie.

"Toe maar, Mevrou, ons neem tjeks."

"My man het die tjekboek," snik ek en mense begin staar.

"Hier is 'n kitsbank in Voortrekkerstraat," paai die vrou agter die kasregister.

"Ek is nou terug," sê ek, gryp 'n kind onder elke arm, sluk my trane af en draf motor toe. Ek trek weg soos 'n minibus-taxi.

Dit neem sewe minute om in Voortrekkerstraat te kom, nog vyf om parkering om die hoek te kry. Dan is dit weer ek en die seuns en my handsak op 'n drafstap, met die sweet wat my aftap en die kinders wat met elke tree swaarder word, tot my arms wil breek.

"Die ding is al weer stukkend," sê die man voor my toe ek uitasem by die kitsbank aangestorm kom. Ek gee hom 'n vuil kyk en besluit om self vas te stel. Maar die venstertjie is afgeskuif en die skerm sê: *Dié diens is nou nie beskikbaar nie. Ons vra om verskoning vir die ongerief.*

Die paniek spring op my soos 'n honger leeu. My verstand staan stil. Dit help nie eens meer om te huil nie. Ek sit die kinders neer, Junior links, Pierre regs, laat my skouers hang en wag vir die noodlot om die finale nekslag toe te dien. Want dit is 'n sameswering, 'n komplot teen my, en dit help nie om daarteen te stry nie.

Tot ek, uit die hoek van my oog, sien hoe iemand nader staan om die bank se deur te begin toemaak.

Die bank! Ek het vergeet van die bank, waar menslike tellers regstaan om te help. Daar is nog hoop. Ek skud die paniek so in die hardloop af, sleep die kinders saam en glip by die deur in, net voor die man dit kan toemaak – 'n skraal kêreltjie met 'n bleskop, 'n snorretjie en 'n klein brilletjie. Hy gluur my aan. Op sy hemp is 'n metaalnaamplaatjie wat sê: *Sarel Greeff. Assistentbestuurder. Geniet u dag.*

"Ons maak eintlik toe, Mevrou." Sy stem is soos 'n bandsaag, sy snor bewe afkeurend.

Die horlosie teen die muur sê dit is op die kop halfvier. Ek ignoreer die assistentbestuurdertjie en val agter in die ry in. Ek probeer die situasie opsom. Die ry is lank. Ek sien die man reg voor my het 'n poniestert en 'n groot banksak. Een van daardie wat lank by die toonbank staan om in te betaal en kleingeld te kry. My moed sink.

Dink positief. Ek probeer bereken. Dalk twintig, dertig minute voor ek hier kan uitkom, nog tien terug groentewinkel toe, twintig om by die huis te kom. Dan is daar twee en 'n half uur vir kosmaak, bad, aantrek, die kinders versorg. Dit kan nog gedoen word. Met positiewe denke en 'n bietjie geluk. Buitendien, alles wat kon verkeerd loop, het al.

"Meneer Greeff," kom 'n stem van een van die kassiere agter die glas. "Meneer Greeff."

Snorman snel by ons verby. Ek sug en sit die kinders neer.

Junior besluit hy wil liewer op die arm wees en sit 'n keel op. Pierre gee dadelik vokale steun. Ek tel hulle weer op.

"Kan u asseblief die bloedjies stilmaak, Mevrou. Ek wil 'n aankondiging doen." Dit is Greeff, nou hier langs my.

Ek vererg my so half vir sy stemtoon, maar spits my toe om aan sy versoek gehoor te gee. Die seuns bedaar.

"Dames en here," sê Greeff met 'n luide, skril stem. "U aandag, asseblief."

Dit word stil in die bank.

"Ek moet u ongelukkig inlig dat ons rekenaars nou buite werking is. Ons sal u nie verder kan bedien nie." Die omstanders murmureer. "Ons moet u versoek om more terug te kom, wanneer ons die probleem opgelos het."

Dit is sy kyk in my rigting, so 'n snedige boontjie-krysy-loontjie-kyk, wat maak dat ek my humeur verloor. Dit, en al die frustrasie van die afgelope maande – van skryfwerk wat vasgehaak het, my huwelik se gesukkel om weer aan die gang te kom, my eie onsekerhede. En vier

Japanners en 'n ete wat nou finaal gedoem is, en die wete dat Gustav sy laaste bietjie vertroue in my gaan verloor. Dit alles word soos 'n groot damwal wat ná die vloede breek.

"Nee," sê ek baie hard en sit die kinders weer neer. Nou is hulle stil, in verwondering oor die volume van hul ma se stem. Almal kyk na my, maar ek sien net vir Greeff, die vergestalting van Die Tegnologie.

"Nee," sê ek weer. "Daar is iets wat julle vergeet. Is hier enigiemand wat nog onthou hoe dit was in die dae voor rekenaars? En voedselverwerkers en mikrogolfoonde en kitsbanke? Ons is kliënte van hierdie bank. Ons betaal ons rente en ons bankkoste. Ons het die reg om bedien te word. Sonder rekenaars. As hier penne is, as hier papier is, kan hier diens wees. Ek bly net hier. Om my banksake te doen."

Ek skep asem. Greeff se mond gaan oop en toe, met die snor wat deinings op en af ry. Voor hy iets kan sê, praat die man met die poniestert hier voor my. "Sy is reg," sê hy en hou sy banksak in die lug. "Wat doen ek vanaand met dié kontant? Ek het nie 'n brandkluis nie. My bank is my kluis."

Greeff se snor wip op en af van verontwaardiging, maar nou is al die kliënte aan ons kant.

"Diens!" roep 'n paar. "Dis ons reg," sê ander. "Ons bly net hier."

Greeff se skouers val. "Nou goed, nou goed, kalm bly," kry sy lippe die woorde gevorm. "Kom ons kyk wat ons kan doen."

Ek is baie haastig op pad uit, my beursie vol note, toe ek sien meneer Poniestert wag vir my by die deur.

"Ekskuus tog, Mevrou . . ."

"Haai," sê ek, nog skaam oor my uitbarsting van vroeër. "Ek wil net vir u baie dankie sê."

"Ag, dis sommer niks." Ek fladder my een hand in die lug asof ek elke dag bankrowers uitklophoue gee.

"Ek het 'n groot klomp geld in my banksak gehad. Ek het pas 'n nuwe onderneming begin en dit was my eerste werklike inkomste. As iets daarmee moes gebeur . . ."

Ek is haastig en weet nie wat om te sê nie. "E . . ."

"As daar ooit iets is wat ek kan doen om u vir u dapperheid te vergoed," sê meneer Poniestert en hou 'n visitekaartjie na my uit. Ek neem dit. *Zatopek G. van Heerden,* lui dit. *Spysenier. Vir sake-etes, dinees, vingeretes, skemeronthale en private etes. Geen opdrag is te klein nie.*

Ek kyk na Zatopek G. en dan terug na die kaartjie. Dan weer na Zatopek G.

"Ek het net twee vrae," sê ek en ek glimlag die breedste glimlag in maande.

"Enigiets," sê hy.

"Die eerste is: wat doen jy vanaand? En dan wil ek graag weet: waarvoor staan die 'G'?"

Ek en Gustav stap saam met die Japanners uit en sien hulle by hul motor af. Hulle buig en sê dankie. Ons buig en sê plesier. Hulle buig en klap weer hul lippe en lig hul duime en sê die kos was heerlik. Ek buig en sê hulle vlei my. Hulle buig en glimlag, ons buig en glimlag. Uiteindelik is hulle in hul motor, sayonara hulle die laaste sayonara en dan ry hulle.

Gustav staan hier teen my, sy sterk arm om my skouers, terwyl ons vir die Japanners waai tot hulle om die hoek verdwyn. Dan kyk my man af na my.

"Jy was wonderlik," sê hy en daar is nie 'n milligram moegheid in sy stem nie. Net behae en bewondering. As hy maar van my dag se ervarings geweet het!

Ek soen hom hier onder sy ken. "Dit is omdat ek so 'n ongelooflike man het," sê ek.

Ons stap voordeur toe, só, in mekaar se arms, en die wêreld voel weer reg, soos in die ou dae.

"Ek het ander goeie nuus ook," fluister ek hier in sy nek.

"O?"

"Ek het 'n storie om te skryf. 'n Kortverhaal."

Hy gaan staan, draai na my toe en sit sy arms om my. "Dis wonderlik, Helena. Vertel, vertel."

"Ag, sommer van 'n huisvrou wat 'n bres slaan teen Die Tegnologie. En 'n spysenier se geld beveilig. Die spysenier se naam gaan Zatopek G. van Heerden wees."

"Waarvoor staan die 'G'?"

"Gerhardus," sê ek en dink hoe lekker dit is om op my eie voorstoep in my man se arms te staan, met 'n ou Royal-tikmasjien wat binne vir woorde wag.

"Ek weet darem nie. Klink bietjie vergesog. Maar dink positief, my skat. Dit kan dalk net werk."

En dan soen hy my.

Magriet se krokodilletjie

Ek is besig met die gewone administratiewe pligte van 'n stasiebevelvoerder, in my afskorting agter die aanklagkantoor, toe konstabel Davidson sy kop daar insteek en sê: "Inspekteur, hier's 'n kwaai tannie wat jou persoonlik wil sien."

"Stuur haar in," sê ek en weet al klaar dit is huismoles. My voorganger het my mooi voorberei. Op Riebeeck, het hy verduidelik, is daar drie soorte sake wat ons met reëlmaat moet hanteer: veediefstal (waarvoor die boere aanklagkantoor toe kom), huismoles (wanneer die vroue kom besoek aflê) en Vrydagaande se dronkies, wat ons sommer self inbring hier teen twaalfuur se kant.

Ek staan solank op sodat ek hoflik kan wees, en dan marsjeer sy by die deur in – 'n stewige vrou in 'n mooi somersrok, reusehandsak aan die arm en 'n huismolesfrons op die voorkop.

"Gezina Greyling, bly te kenne," sê sy en steek haar hand na my toe uit sonder dat ek die idee kry sy bedoel die laaste deel vreeslik opreg.

"Inspekteur Havenga," sê ek. "Sit gerus." Haar handdruk is stewig.

"Jy's nuut hier, Havenga." Dis nie 'n vraag nie. Sy gaan sit op die punt van die bruin goewermentstoel, handsak op die skoot, en kyk my vierkantig in die oë terwyl ek ook gaan sit. "Laat ek vir jou sê waar Riebeeck se onheil lê.

By die duiwel se oorkussing, dis waar. Ledigheid. Julle sal moet plan maak."

"Mevrou?"

"Hier is niks vir die kinders om te doen nie, Havenga. Desember is die ergste. Die rykes is see toe, en 'n arm weduwee soos ek moet maar hier met haar kroos sit en wag vir die nuwe jaar, totdat die kinders weer kan skool toe en kollege toe. En wat doen julle? Niks. En nou het Magriet die krokodilletjie en julle moet help. Julle dien mos die gemeenskap." Sy leun effens terug, haar sê gesê.

Dit is nie my eerste bevelvoerderspos dié nie. Ek het al die Mag gedien van Berea in Gauteng tot by die Tuinestasie in die Wes-Kaap. En ek het al gehoor dat die Mag van baie dinge beskuldig word. Maar van die duiwel se oorkussing . . .

"Ons help waar ons kan, Mevrou."

"Dis goed, Havenga, want julle sal met die krokodilletjie moet help," sê sy en maak haar handsak oop, haal 'n foto uit en gee dit oor die lessenaar vir my aan, een van hierdie kitskamera-goeters wat dadelik ontwikkel.

"Ek het die kamera loop leen by Freddie se apteek, want ek wil nie hê daar moet negatiewe wees nie en die kind mag nie haar voete by die huis uit sit nie."

Ek kyk na die foto. Daar is 'n krokodil op. 'n Vriendelike krokodilletjie met sagte oë en al die kleure van die reënboog op sy lyf – diamantskubbe in goud en blou en groen en rooi, die hele pad tot by sy stert.

"Dis pragtig," maak ek die groot flater.

"Pragtig?" vra Gezina Greyling verontwaardig. "Pragtig? Dit is getatoeëer op my dogter se skouer en jy sê dit is pragtig. Dit is 'n brandmerk van die duiwel op my Magriet se lyf en jy sê dit is pragtig! Nee, Havenga, ek verstaan jy is nuut hier, maar op Riebeeck laat ons nie ons kinders mismaak deur die gruwels van die stad nie."

"Ek het nie geweet . . . Ek het nie bedoel . . ."

"Hulle is stad toe, Dinsdag, sy en Mandie Coetzee, die slagter se dogter. Ek sê nogal vir haar sy verdien dit, want sy het nou so hard gewerk vir die matriekeksamen, en ek gee haar vyftig rand en sê, gaan geniet dit, my kind. Maar die duiwel sit en wag by die Groentemarkplein. Ek ken hulle, daardie mannetjies by die stalletjies met lang hare en sulke vuil voete in sandale. En jy weet hoe die kinders is. Een kyk na die mode en 'n spesiale aanbod en daar sit hy. Krokodil op die skouer."

Ek is sprakeloos. Ek kyk nog 'n bietjie na die krokodilletjie.

Dit is asof hy vir my glimlag.

"Nou hoe gaan ons maak, Havenga?"

"Mevrou . . ." Ek dink, maar vir dié een is daar niks in die handleidings nie. Ek kyk op na die vrou voor my. Dit is asof haar stoom opgeraak het. Haar skouers val en sy sak terug in die stoel.

"Ai, Inspekteur, 'n mens doen maar jou bes. En Magriet is 'n wonderlike kind. Vir haar is die krokodilletjie die mooiste ding wat sy nog gesien het. Maar op daardie ouderdom dink hulle net aan vandag. Wat van more, wanneer dié goed" – sy wys met 'n vinger na die foto – "nie meer in die mode is nie? Wat gebeur as sy dertig of veertig is en haar kinders vra oor die ding op haar skouer? Maar sy is net so koppig soos haar ma."

Daar is 'n nattigheid in Gezina Greyling se oë en ek sien dit is mooi oë, groen, met 'n sagtheid, amper soos die krokodilletjie s'n. En al is ek 'n oujongkêrel, is ek nie bestand teen dié weerloosheid nie. Ek maak 'n gevaarlike stelling:

"Mevrou Greyling, ons is hier om te help. En dit is wat ons gaan doen."

Toe ek by die Mag aangesluit het, was daar net een manier van 'n ding doen: volgens die boek. En die boek was eenvoudig – dít is toelaatbaar en dát is nie toelaatbaar nie. Maar dinge verander. Deesdae kom sulke jong mannetjies met baadjies en dasse en grade in Polisiekunde en bied "seminare" aan vir stasiebevelvoerders, waarin hulle praat van missies en visies en kernwaardes en besluitnemingsmodelle en sleutelprestasie-areas. 'n Mens luister maar en knik jou kop en gooi dieselfde groot woorde rond tydens teetye by die seminaar, maar heimlik dink jy dit is maar dieselfde boek van die ou dae, net so 'n bietjie opgetooi met groot woorde. "Voetsoolvlak". 'n Probleem "aanspreek". 'n Inset "lewer". Strukture "in plek kry". Bid jou aan . . .

Maar by 'n vorige seminaar was daar so 'n skraal kêreltjie met 'n bek so glad soos seep, wat kom praat het oor kreatiwiteit. En as jy mooi geluister het deur al die groot woorde deur, kom sy hele toespraak op een ding neer: die ou manier van doen is nie altyd die beste nie. As jy so 'n bietjie probeer, kan jy probleme op lekker, nuwe maniere oplos. Of is dit nou "aanspreek"?

Dit is aan dié kêreltjie wat ek dink toe Gezina Greyling statig die afskorting verlaat, want nou sal ek kreatief moet dink.

Ek bel eers vir ou dokter Reitz om te hoor of tatoeëermerke verwyder kan word. "O, jy praat van Magriet se krokodilletjie," sê hy. Klein dorpie. "Met die nuwe lasers haal hulle hom af sodat jy nie eens kan sien hy was daar nie. Maar dis seer."

Ek vra hom nog 'n bietjie uit en groet.

Ek weet een ding gaan nie help nie: om self met Magriet Greyling te gaan praat. Jy stuur nie 'n middeljarige gesagsfiguur om met 'n tienderjarige oor so iets te gesels nie. Dit is soos 'n rooi doek vir 'n bul. Wat ons nodig het, is 'n jong gesant van die gereg, iemand wat maar self nog 'n adolessente nattigheid agter die ore het . . .

En toe dink ek aan my jongste aanwins.

Pieter Abel kon enigiets geword het, want hy is 'n slim mannetjie. (Sy lêer is hier in die kabinet. By die Polisiekollege was dit net A's in die eksamens.) Maar toe kies hy die Mag, sonder om te dink aan range. As sy van Prinsloo of Papenfus was, sou dit nie 'n probleem gewees het nie. Maar dis Abel. Konstabel Abel. Gelukkig sal hy, met sy verstand, nie lank 'n konstabel bly nie.

Ek steek my kop by die deur uit. "Konstabel Abel!"

"Inspekteur!" roep hy van agter die stasie en ek hoor sy haastige voetstappe op die gruis. Oomblikke later verskyn hy in die deur. Pieter Abel lyk soos die meeste konstabels wat vars uit die kollege is: kort, netjiese hare, yl snorretjie, vuur in die oë – met 'n ronde goueraambrilletjie.

"Ek het 'n moordsaak vir jou, Pieter."

"Wraggies, Inspekteur!" Sy oë is groot agter die brillense. "Ja." En dan glimlag ek. "Ek wil hê jy moet 'n krokodilletjie vermoor."

Die liefde is baie soos 'n misdadiger: dit slaan dikwels toe op plekke en tye wat jy dit die minste verwag. Ek en Pieter Abel het ons planne mooi – én skeppend – agtermekaar gekry. Die bende-ding was sy idee – ek het net hier en daar gehelp met die slyp van die storie. Toe is hy daar weg met die patrollievoertuig, die nuwe blinkgele, 'n frons van erns en konsentrasie diep op sy jeugdige voorkop ingekeep.

Ek is seker die plan sou gewerk het, as dit nie vir die liefde was nie.

Pieter Abel kom by die Greylings se huis aan, gaan klop aan die deur en Gezina, wat my die hele storie later sou vertel, maak die deur oop.

"Middag, Mevrou, ek is van die SA Polisiediens." Asof

sy nie die voertuig voor die deur en die blou uniform herken nie. Maar Gezina speel saam en vra of sy kan help.

"Ek is hier om bendebedrywighede te ondersoek."

"Bendebedrywighede," herhaal Gezina hard, sodat Magriet haar iewers in die huis kan hoor. Sy is beïndruk deur ons strategie.

"Ja, Mevrou, hier is dwelmbendes in die Wes-Kaap bedrywig, en ons wil hul aktiwiteite nou uitroei."

"Uitroei," knik Gezina. "Nou hoe kan ons help?"

"U sien, die bendelede dra almal tatoeëermerke. En ons het 'n leidraad gekry dat hier dalk so iemand in dié huis skuil."

"Dit is ernstig," sê Gezina weer hard om die onsigbare gehoor se onthalwe. "Magriet!" roep sy in die gang af. "Ek dink jy moet nader staan, my kind."

Magriet Greyling kom by die voorhuis in. Pieter Abel gee een kyk na daardie blakende vel, die kuiltjies in die wange, die lang bruin hare wat op haar skouers hang, en dit is asof Gezina die klokke in sy kop kan hoor lui. Daar staan die twee jonges mekaar en aangaap sonder om 'n woord te sê, tot Gezina dit nie meer kan hou nie.

"Die bendes," por sy vir Pieter Abel aan. Hy hoor nie. Sy sê dit 'n bietjie harder.

"O . . . e . . . ja, die bendes. Juffrou, ek is hier om jou in hegtenis . . . Ek bedoel, ek moet jou ondersoek . . . ek bedoel, ek is hier vir 'n ondersoek."

"Ja," sug Magriet asof dit die beste nuus is wat sy in weke gehoor het.

"Wys my jou krokodilletjie," sêvra konstabel Abel.

"Okay," sê Magriet Greyling en laat haar skouer sak. Agter op die sonbruin skouer lê die reptiel en sy veelkleurige glimlag.

"Dis pragtig," sê Abel.

"Dankie," sê Magriet en slaan haar oë in nederigheid neer.

Hy sit oorkant my in die kantoor en probeer sy bes om deur die waas van verliefdheid skuldig te lyk.

"Mevrou Greyling sê jy het gesê die krokodilletjie is pragtig."

"Ja, Inspekteur."

"Mevrou Greyling is baie ontsteld, Pieter. Sy sê die gereg is hier om haar te beskerm, nie om 'n komplot teen haar te smee nie."

"Ja, Inspekteur."

"Sy sê sy gaan 'n brief aan die kommissaris skryf."

Hy sug en sê niks.

"Jy het jou plig versaak, Konstabel."

Hy staar na die blad van my lessenaar.

Ek haal diep asem en probeer 'n ander aanslag. "Is jy verlief op Magriet, Pieter?"

Sy gesig verhelder. "O, ja, Inspekteur. Baie."

"Wil jy met haar trou?"

"O, ja, Inspekteur." Paterties. Die liefde maak 'n man, selfs 'n lid van die Mag, pateties.

"Wil jy hê die ma van jou kinders moet 'n tatoeëermerk op haar skouer hê, konstabel Abel?"

Ek moes dit seker nie gevra het nie. Ek moes geweet het wat sou kom. Maar daar is versagtende omstandighede. Ek is immers 'n oujongkêrel.

"O, ja, Inspekteur. Maar net as ek ook een het. As ek dalk Saterdag kan afkry, Inspekteur."

Ons sit in dominee Stultingh se studeerkamer, Sondag ná kerk, besig met 'n krisisvergadering. Gezina sit oorkant, teen die boekrak, in haar Sondagbeste, en ek kan sien die Magrietappel het nie ver van die boom geval nie.

Dominee Stultingh, agter sy groot lessenaar, sug diep. "Ek het probeer, Gezina."

"Ek het gehoor, Dominee."

Hulle verwys na sy preek, wat oor die liggaam as 'n tempel gegaan het, maar ek het vir Pieter Abel en Magriet dopgehou. Hulle het nie 'n woord gehoor nie. Hulle was te besig om vir mekaar te loer en te bloos.

"Hy het gisteraand sy krokodilletjie vir haar kom wys," sê Gezina. "En toe vra hy haar Oujaarsdans toe."

"Ai, ai, ai," sê dominee Stultingh. "Ons sal 'n plan moet maak." Dan verhelder sy gesig. "Willem, maar jy kan hom mos Oujaarsaand laat werk."

"Dis waar, Dominee. Maar dit gaan nie die krokodilletjies hokslaan nie."

"Ai, ai, ai."

"Dit is die generasiegaping," sug Gezina. "Dit is omdat ons nie van die krokodilletjies hou nie . . ."

"Jy is reg," sê ek, en die skraal kreatiewe denke-mannetjie doem weer voor my op, want iewers in Gezina se stelling is daar 'n plan.

"Miskien moet julle . . ." wil Dominee spekuleer.

En dan sien ek die oplossing voor my: helder, skeppend, 'n manier van die probleem "aanspreek" op "voetsoolvlak", by wyse van spreke.

"Ek dink ek het 'n plan."

Hulle kyk hoopvol na my.

"Mevrou Greyling, wat doen jy Oujaarsaand?"

"Noem my tog maar Gezina."

"Gezina, Oujaarsaand?"

"Ek sal maar wakker lê tot Magriet huis toe kom."

"En die Saterdag, net voor Nuwejaar?"

"Op die aarde niks, Willem."

"Gezina, ek en jy gaan dans."

Dit is nie maklik vir 'n vyf en veertigjarige stasiebevelvoerder om soos 'n rocker aan te trek nie. Vra my. Ek moes die Saterdag voor Nuwejaar spesiaal 'n frokkie, denimbroek en -baadjie gaan koop. Die sandale het ek gelukkig gehad. En my hare, sien ek in die patrollievoertuig se truspieël, lyk nog steeds kort en yl, al is dit geolie en teruggekam.

Ek hou voor die Greylings se huis stil, stap voordeur toe en klop aan. Gezina maak die deur oop. Ek herken haar amper nie. Sy lyk . . . asemrowend. Jonk. En . . . laat ek nou maar eerlik wees: sexy. Daar is 'n blom in haar hare, haar lippe is rooi, die denimbaadjie se moue is astrant opgerol, die wye blommetjiesromp vrolik en reg vir swaai op die dansbaan.

"Jy lyk pragtig," sê ek.

"Gmf," sê sy, maar ek kan sien sy waardeer die kompliment. "Ons lyk soos middeljarige hippies. Jou plan moet net werk."

"Dit sal werk," sê ek met meer moed as oortuiging.

Ons ry landbousaal toe. 'n Mens kan die musiek al van die wynkelder af hoor. Jongmensmusiek: net tromme en baskitaar wat die Oujaarsnag inpols. Ons parkeer en stap saal toe. Binne is dit 'n massa van swaaiende lywe.

"Blaas my siel," sê Gezina en trek haar skouers terug, asof sy haarself wil staal vir die aand wat voorlê.

Ons besluit om te dans. Hier en daar herken iemand ons en wys met skelm vingers. Gezina bekyk die jonges om haar se rukbewegings en probeer dit na-aap. Dan lag sy vir haarself en vir my en skielik, kan ek sien, begin sy die hele ding geniet.

Die woord versprei stadig deur die saal: Magriet se ma is hier saam met die inspekteur. En julle moet sien hoe hulle lyk! Die dansers begin so 'n kring om ons vorm. Gezina bekyk een slaplyfmannetjie se moonwalk en probeer self. Hulle lag. Ek klap hande en ruk agterna. Die omstanders juig. Ons improviseer en doen 'n sakkie-sakkie-moonwalk wat ons bewonderaarsklub laat aangroei.

Tot 'n gil só hard en vreesbevange opklink dat selfs die orkes ophou speel.

"Má!"

Dit is Magriet, wat ons eindelik raaksien. Die skare maak 'n pad oop vir haar en Pieter Abel. 'n Doodse stilte daal oor die Riebeeck-landbousaal neer. Die omstanders hang aan Magriet se lippe.

"Wat doen Ma hier?"

"Ons dans, my kind."

"Kyk hoe lyk Ma."

"Dink jy nie sy lyk pragtig nie?" gooi ek my stuiwer.

Die toeskouers se oë volg die gesprek soos 'n tenniswedstryd – heen en weer, heen en weer.

"Ek dink Ma lyk . . ."

Gezina knipoog vir my, die teken waarop ons afgespreek het.

"Nee wat, my kind, dit is die mode," sê sy terwyl ons so saam-saam van ons denimbaadjies ontslae raak. Ek en Gezina het net moulose geel frokkies onder die baadjies aan.

"Musiek, asseblief!" roep ek in die rigting van die orkes.

Weer gil Magriet, dié keer bloedstollend: "ÁÁÁÁÁÁ!" Die orkes val uiteraard nie in nie.

"Ma!"

Gezina glimlag liefies. "Ja, my kind?"

Magriet wys met 'n bewende vinger na Gezina se skouer.

"Wat is daai, Ma?"

"My krokodilletjie, my kind."

"Hy het ook een," sê Pieter Abel vies en wys na my skouer.

Dan kan Magriet Greyling dit nie meer hou nie. Sy bars in trane uit, gryp Abel se hand en storm die saal uit.

Selfs die permanente ink van kokipenne was af, as 'n mens jou skouer hard genoeg skrop, hoewel ek en Gezina die skroppery moes laat wag tot Magriet en Abel met die laserbehandeling begin het.

Magriet het haar ma eers regtig vergewe toe sy vir die Aprilvakansie huis toe gekom het. Teen die Julievakansie kon hulle saam lag oor die hele affêre.

Pieter Abel het vir 'n verplasing Tuine-stasie toe gevra sodat hy nader aan Magriet kon wees. Ek het die vorm gestempel en geteken en by die Streekkommissaris se kantoor geneul tot hulle uit moedeloosheid die verplasing goedgekeur het. En elke Oujaarsaand gaan ons vier so saam-saam dans, sodat Gezina weer haar moonwalk vir die jeug van die dorp kan doen.

'n Week nadat Magriet haar diploma by die Technikon gekry het, is sy en sersant Pieter Abel getroud. Ek het die bruid weggegee en dominee Stultingh het gepreek oor liefde en trou wat nie eens met lasers uit die hart verwyder kan word nie.

Maar die ding wat die dorp vandeesweek weer aan die praat gekry het, was die kaartjie wat mense uitgenooi het na die huweliksbevestiging van inspekteur Willem Havenga en mevrou Gezina Greyling. Want op die voorkant, met sagte oë en 'n tere glimlag, is daar 'n veelkleurige krokodilletjie, met rooi en geel en blou skubbe van sy kop tot op sy stert.

Die laaste uitweg

Sê my, hoe leer 'n mens iemand van passie as dit nie in die hart lê nie?

Ek weet sommige mense word daarmee gebore (soos met die helm), ander loop dit toevallig raak, sekeres proe dit nooit. Maar hoe gemaak as iemand dit moet hê, maar dit bly haar ontwyk? Hoe gemaak as iemand dit binne die volgende drie dae móét ontdek as sy die grootste, belangrikste rol van haar loopbaan wil hê?

Elsabé Potgieter is klein en fyn en mooi en sy sing met 'n sterk, melodieuse stem wat die toonlere met minagtende gemak en skoonheid op en af kan laat glip. "Die kroonprinses van die nuwe geslag Suid-Afrikaanse soprane," het een resensent haar onlangs genoem.

Daar is egter een probleem: Elsabé Potgieter, kind van die Groot-Karoo, student van Ribelli in Wene, kroonprinses, sing met passielose perfektheid.

"Elsabé," sê ek byna elke dag wanneer ek voor die klavier sit, "wat jy nodig het, is die liefde." Dan glimlag sy daardie mooi, klein hoflike glimlag en sê: "Eers my loopbaan, oom Walter."

Óóm Walter. Om te dink daar was 'n tyd toe die mooi jong soprane wat ek afgerig het, my net Walter genoem het. Om te dink daar was 'n tyd toe ek nie net oor die liefde gepráát het nie. Maar dit is weer 'n ander storie. Kom ons hou by dié van Elsabé Potgieter en Oel Phlegebad.

Oel is glo die opwindendste ding in die operawêreld sedert Luciano en sy dieet nie meer langs dieselfde tafel sit nie – 'n jong Duitse tenoor met 'n stem wat op al agt silinders loop, lank en fors en, sê elke vroulike lid van die Nico se operakoor wat sy foto in die tydskrifte gesien het, weer 'n slag iets om na te kyk. Maar dit is sy stem wat saak maak. Die Europese resensente is gaande daaroor – ék wag maar tot hy hier aankom. Kruik bring hom hierheen vir La Traviata, en dit is die hele moeilikheid, want Elsabé wil met haar hele hart Violetta teenoor Alfredo (deur Oel gesing) wees, maar ek weet sy gaan die rol nie kry nie.

Haar sang kort daardie een noodsaaklike bestanddeel wat niks met stembande of oefening of talent te doen het nie – die passie, sien. Maar dit moet in die hart begin, die vuur moet dáár aangesteek word. Eers dan kan die vlamme dit aanblaas tot by die stem. Eers dan word elke noot meer as net die korrekte toon en maat, vurig en vol, soos Verdi en Bellini, Wagner en Rossini dit bedoel het.

Dit is nie asof ek nie probeer het nie. Vir Elsabé het ek aan elke hubare man in Kaapstad probeer voorstel, in die hoop dat 'n vonkie iewers sal spat – grotes en kleintjies, langes en kortes, slimmes en dommes, mooies en lelikes, tenore, baritons, sakemanne, polisiemanne, musikante, kunstenaars, konstruksiewerkers, argitekte en selfs 'n versekeringsagent.

"Hoe was dit gisteraand, Elsabé?"

"Ag, hy's dierbaar, oom Walter."

Diérbaar. Ha! Dierbaar beteken hy is geskiedenis – vlamlose, koorslose, passielose geskiedenis.

En hier sit ons. Dis Woensdag. Drie dae voor die Kaapse soprane saam met Oel Phlegebad moet gaan sing sodat hulle 'n Violetta kan kies. Ek sit voor die vleuelklavier, Elsabé staan gemaklik aan die ander kant, en sy sing so pragtig en so passieloos dat ek weet sy het nie 'n kans nie. Sy mag die mooiste en jongste van die oes wees, maar die ander, ouer soprane ken al die kunsies. En 'n paar van hulle beskik selfs oor die hartstog in hul nie meer perfekte stemme.

Ek staan op. "Dit is genoeg, hartjie."

"Dink oom Walter ek sal die rol kry?"

Ek kan nie vir haar lieg nie. "Dit hang af hoe goed jy by die oudisie sing." Met hóéveel passie. Maar dit sê ek nie.

Sy maak haar bladmusiek bymekaar en groet. Ek stap saam deur toe, sien haar af, loop dan stadig terug, op met die trappe, deur die musiekkamer en by die balkondeur uit. Ek sien hoe Elsabé se motortjie om die hoek verdwyn. Ek kyk uit oor Oranjezicht, die stad, die hawe en die see. En ek wonder of 'n mens die hele ding 'n noodtoestand kan noem. Want daar is een finale hoop, een noodmaatreël, 'n laaste uitweg wat ek kan probeer: P.P. Grobler.

P.P. se regte naam is Jakobus, of so iets. Die letters staan vir sy bynaam, Poreus Primus – vark nommer een – soos in manlike chauvinistiese vark. Interessante man – een van daardie wat met meer testosteroon gebore is as wat sy sesvoet-twee kan hanteer. Borshare, welige snor, kan nooit stilsit nie, lyk soos die Camel-man. Skatryk geërf, was 'n belowende tenoor so klompie jare gelede (en 'n leerling van my), maar hy kan nie lank genoeg op net een ding konsentreer om regtig 'n sukses daarvan te maak nie. Hy wou ook nog valskerm spring, grootwild jag, aan seiljagvaarte deelneem … Op die ou end het P.P. Grobler net op twee terreine werklik sukses behaal: geld uitgee en vroue jag.

Waarom is P.P. Grobler 'n noodmaatreël? Want hy is gewoonlik heeltemal onweerstaanbaar, sê die wat weet. En hy het 'n lys van gebroke harte agtergelaat wat van Monte Carlo tot in Malmesbury strek, die liefhê-en-loop, tref-en-trap-taktiek wat geen jong sopraan kan goed doen nie.

Maar oor drie dae moet Elsabé Potgieter in 'n oefenkamer in die Nico saam met Oel Phlegebad gaan sing in die belangrikste oudisie van haar brose loopbaan . . .

Ek sug. Daar is geen ander raad nie. Ek gaan soek my blou boekie, laat my vingers tot by sy telefoonnommer loop en begin dan skakel.

Toe Elsabé Donderdagmiddag vir oefening opdaag, stiptelik soos elke ander dag, soek ek vir tekens van Stap Een.

"Die Driepuntplan gaan die ding doen, Walter," het P.P. Grobler gisteraand nederig maar vol selfvertroue gesê.

"Die Driepuntplan?"

"Ek gebruik dit net wanneer daar min tyd is. Soos dié keer in Brussel toe die hertogin se man . . . Maar dis 'n lang storie. Feit van die saak is, die Driepuntplan werk. Altyd. Waarom jou bemoei met die besonderhede? Geniet net die resultate, Walter."

"Wanneer begin jy?" Asof hy 'n bouer of 'n loodgieter is.

"Stap Een begin moreoggend. Jy behoort moremiddag al 'n verskil te sien."

Elsabé kom vasberade en doelgerig met die trappe op en ons groet, maar ek sien geen verskil nie.

"Hoe gaan dit, hartjie?" vra ek betekenisvol.

"Goed, oom Walter." Soos sy dit altyd sê, asof dit 'n nuttelose vraag is. "Kan ons begin?"

Ek sug en skuif agter die klavier in.

Hier halfpad deur die oefening, toe ons vinnig kruietee en 'n blaaskansie geniet, val iets haar by.

"Iemand het vanoggend twaalf dosyn rooi rose by my woonstel laat aflewer."

"Dis wonderlik," sê ek, dalk met meer geesdrif as wat ek bedoel.

"Ek dink dit was by die verkeerde adres."

"O?"

"Die kaartjie het net gesê 'Van P.P.'. Ek ken nie 'n P.P. nie. En buitendien, dit is só 'n vermorsing." Haar stem klink ergerlik. "Wat doen 'n mens met twaalf dosyn? Ek het maar in die gang af gaan uitdeel." Sy staan op. "Ek is reg om aan te gaan, oom Walter."

Toe sy weg is, bel ek vir P.P. Grobler.

"La donna é mobile," sê hy filosofies toe ek hom van Elsabé se reaksie vertel. "Ek hou van 'n uitdaging, Walter. Ontspan."

"Wanneer kom Stap Twee, P.P.?"

"Vanaand. Ek het na haar woonstel gaan kyk. Dit is perfek vir Stap Twee. Ons gesels weer more."

Ek slaap sleg, onoortuig deur P.P. se versekering. Maar ek bly hoop, want hy het nog nooit gefaal nie. Vrydagoggend se lesse aan 'n jong bas en 'n talentlose tenoor gaan stadig verby en ek is nie op my beste nie. Eindelik is dit drie-uur en Elsabé kom die trappe op.

Is daar 'n nuwe huppel in haar stap?

"Jy sal nooit raai wat gisteraand gebeur het nie, oom Walter."

"Vertel, hartjie, vertel." Heeltemal te gretig. "Ek het uitgevind wie P.P. is."

Ek luister fyn na haar stem. Daar is iets nuuts, 'n tikkie opgewondenheid, 'n effense uitasem-verwondering, of is dit net my verbeelding?

"Ja?"

"Hy het gisteraand die hele woonstelblok in rep en roer gehad."

Ek wag in spanning, nou sekerder dat iets positief gebeur het in Elsabé Potgieter se hart.

"Dit was hier net ná tien, toe hoor ek die musiek buite. Ek het eers gedink dit is iemand se radio, maar toe ek die venster oopmaak . . . Hy het 'n strykkwartet op die grasperk gehad, 'n regte serenade, oom Walter, almal met aandpakke en strikdasse. En hy sing Schubert Lieder met 'n goeie stem, en toe sien ek die plakkaat en ek bloos bloedrooi."

Elsabé Potgieter is so 'n titseltjie uitasem en skielik voel ek skuldig, want dit wil lyk asof P.P. Grobler se Driepuntplan begin werk en ek is aandadig, ek gaan 'n medebeskuldigde wees wanneer hy klaar getref-en-getrap het.

"'n Plakkaat?" vra ek ietwat benoud.

"'Aan Elsabé. Met bewondering. Van P.P.', het hy daarop geskryf, oom Walter. En toe hy klaar is, klop iemand aan die deur, 'n jong man, ook met 'n strikdas, met 'n boodskap vir my. Ewe formeel. 'P.P. Grobler versoek nederig die teenwoordigheid van mejuffrou Elsabé Potgieter vir 'n maanligpiekniek op Vrydagaand om agtuur.' Dis só jammer ek kan nie gaan nie."

Ek kom tot verhaal. "Jy kan nie gaan nie?"

"Nee," sug sy. "Dit is môre die oudisie. Ek moet rus vanaand. Ek het hom al laat weet."

En P.P. laat weet my niks. Dan besef ek met skielike paniek dat P.P. op my staatmaak.

"Nee," sê ek, te vinnig en beslis. Elsabé skrik. "Nee," probeer ek weer, ietwat minder gevoelvol. "Dit is presies wat jy nodig het. 'n Ontspanne aandjie uit. As jy alleen is, gaan jy sit en tob en jou bekommer. Jy moet gaan. Dit sal jou goed doen."

"Dink oom Walter regtig so?"

"Beslis. Ek dring daarop aan."

"Ek weet darem nie . . ."

"Jy moet my glo, hartjie. Dit kan 'n groot verskil maak. Al die grotes het die aand voor 'n belangrike optrede lekker ontspan. Callas, Schwarzkopf, Sutherland . . ." lieg ek onbeskaamd, maar net omdat dit 'n noodgeval is.

"Regtig, oom Walter?" Grootoog, onskuldig, nadenkend.

"Regtig, hartjie."

Sy kyk na haar horlosie. Die versoeking is daar. "Dit is seker al te laat . . ."

"Dit is nooit te laat nie," sê ek en neem haar aan die arm telefoon toe. "Bel hom."

Sy is nie heeltemal oortuig nie, maar sy tel die gehoorstuk sonder teëstribbeling op. "Sy nommer," sê sy en begin in haar handsak grawe.

Ek het nog altyd respek gehad vir talent. Nie net vir sangers en musici en komponiste nie. Van 'n goeie verkoopsman tot 'n kranige sakkeroller – wanneer iemand sy vak met geesdrif en behendigheid bedryf, was ek nog altyd bereid om applous te gee. En vir P.P. Grobler kan 'n mens ook nie anders as om 'n teësinnige bewondering te hê nie.

Hy neem haar daardie Vrydagaand, sou ek later hoor, met sy rooi Ferrari na die Fisantekraal-lughawe, waar sy helikopter regstaan vir die laaste, beslissende stap van die Driepuntplan.

Eers vlieg hy met haar oor Stellenbosch en af in die Franschhoekvallei, net mooi daardie tyd van die vroegaand wanneer die dorpies se liggies soos juwele in die skemerte begin skitter en die berge weerskante donker optoring, en hy gesels met haar, wys aan haar landmerke uit, sien hoe haar oë van verwondering blink.

'n Mens moet onthou dat Elsabé Potgieter 'n kind van die Karoo is, al het sy twee jaar lank in Wene gestudeer. Vir haar hou die opwinding van die vlug, die asembenemende landskap, die fosforstrepe van Kleinmond, Bettysbaai en Hangklip se see 'n amper kinderlike bekoring in waaroor sy destyds as plaaskind van Fraserburg net kon droom. Toe die donkerte oor Valsbaai daal en die maan opkom om sy strepe oor die see te gooi, is die tafel gedek vir die volbringing van P.P. se belofte.

Hy is egter nog nie klaar nie. In die oordadigheid wat

die man kenmerk, gaan land hy versigtig op Tafelberg, haal twee opvoustoele, 'n opvoutafeltjie, 'n wit tafeldoek en 'n piekniekmandjie agter die sitplekke uit en stel dit alles op waar die uitsig oor Kaapstad die perfekste is.

Koue witwyn in kristalglase, snoeperye vir elke denkbare smaak en P.P. se geselskap vervolmaak die prentjie. Toe hy begin praat oor sy alleenvaart om die wêreld, sy staptog deur die Amasone-kom, sy aanslag op die Matterhorn, doen hy dit met die selfspottende, nederige vertellinge van 'n vakman wat presies weet hoe om sy gehoor uit sy hand te laat eet.

Elsabé Potgieter lag en luister en vergeet van die uitsig terwyl die maan al hoe hoër klim en die bekoring soos 'n seebries oor haar waai.

En eindelik, toe P.P. die sjokolademousse nonchalant uit die bodemlose mandjie diep en haar met 'n silwerteelepel voer, is haar lag lieflike note wat van die ou groot berg afrol en die tafel is, by wyse van spreke, vir P.P. Grobler gedek.

Maar, soos dit soms gebeur wanneer 'n ekspert te seker is van sy saak, wanneer selfvertroue in die pad van goeie oordeel kom, maak P.P. een klein foutjie.

Ek sit met 'n boek in die sitkamer, hier skuins ná elf. Ek konsentreer maar moeilik, want my gedagtes is by Elsabé. Gaan die hele affêre werk? En sê nou maar P.P. slaag, wat van more en oormore, wanneer hy 'n nuwe prooi in die oog het? Die bedenkinge daal oor my neer, die verwyt is al daar, sonder dat ek weet wat die uitslag van Stap Drie is. Ek visualiseer al 'n moontlikheid: more, by die oudisie, sing Elsabé soos 'n bekoorde nagtegaal saam met Oel Phlegebad, die passie wat uit haar stem vloei soos soete stroop. Sy kry die rol. En dan los P.P. haar 'n dag of wat daarna en sy, brose mensie wat sy is, tuimel ineen, gebroke, haar hart geskeur, en sy kan nooit weer 'n noot uitkry nie. Sy onttrek haar, gaan terug plaas toe, trou met 'n skaapboer van Carnarvon en bak koeksisters vir die kerk . . .

Ek vererg my vir die belaglikheid van my vrese, dwing my konsentrasie terug na die boek.

Iemand hamer later aan die deur. Twintig voor twaalf op 'n Vrydagaand hamer iemand aan my deur. Ek skrik. Dit kan net moeilikheid wees. Ek hardloop af met die trappe, kyk deur die loergaatjie.

Elsabé!

Ek ruk die deur oop.

"Oom Walter, ek is so jammer . . ."

"Wat is dit, hartjie?" Ek hou die deur vir haar oop.

"Ek wil nog oefen, oom Walter." Sy loop by my verby, die trappe op. "Ek wil net nog een keer sing, want ek voel ek is nog nie reg nie."

Sy wil oefen. Slaan my plat met 'n kwylende snoek. Sy wil nog oefen.

"Ek dag jy is saam met P.P.?" Ek stap agter haar aan oefenkamer toe.

"Ek was."

"En . . .?" Ek moet myself keer om nie uit te roep: "Nou waar is die passie, hartjie, wat het van Stap Drie geword?" nie.

"Dit was so wonderlik, oom Walter. Maar . . ."

"Maar . . ." Eindelik weerspieël my stem die angs en bekommernis wat ek al drie dae lank voel.

Elsabé, daarenteen, is rustig, filosofies. "Hy wou my soen, oom Walter."

"Hy wou jou soen." Skaapagtig sê ek dit agterna.

"Op die eerste aand."

En dan vertel sy my van die rit in die Ferrari, die vlug in die helikopter, die piekniek op die berg. "Dit was so wonderlik, oom Walter. Ek het gedink ek is verlief. Vir die eerste keer in my lewe het dit vir my gevoel of ek verlief raak, of ek sweef, of ek self van dié berg," – en sy wys met haar klein vingertjie in die rigting van die kolos – "kan afvlieg. En toe, skielik, toe verstaan ek vir Violetta, oom Walter. Skielik weet ek hoe om te sing, regtig te sing, soos sy sou sing."

'n Klein, blink traantjie skarrel oor haar wang. Sy druk dit ergerlik weg met die agterkant van haar hand. "Toe wil hy my soen. Op die eerste aand."

Ek snap. Ek sien in 'n oomblik van helderheid P.P. se fatale fout. Sy verwysingsraamwerk is stedelik, sy prooi gewoonlik vroue van die wêreld. Hy kon nie die onderskeid tref nie. "Toe is die gevoel weg, oom Walter. Ek het Violetta se regte stem gehoor en nou is dit weer verlore. Al wat oorbly, is om nog te oefen."

La donna é mobile! 'n Eufemisme.

Haar trane is weg. Sy wag by die oefenkamer se deur wat na die balkon toe uitloop dat ek agter die klavier moet inskuif.

"Is daar 'n spesifieke stuk . . ."

"E strano," sê sy sonder om te weifel. "Kom ons begin daar."

Aha, dink ek. Want dit is so mooi, dié aria, maar tog so hartseer, tog so toepaslik. "Hoe eienaardig tog, hoe vreemd," sing Violetta. "Daardie woorde op my hart gegraveer. Sal ware liefde vir my ongeluk bring?" 'n Ode aan die liefde, maar 'n worsteling tussen vrees en passie, tussen oorgawe en onthouding; fyn, skone note wat nou traag, dan huppelend tussen ekstase en diepe kommer beweeg; 'n vrou wat so graag wil liefhê – tot Alfredo van iewers af antwoord, 'n eggo, 'n bevestiging.

Ek gee haar die noot en Elsabé staan daar, in die deur, en sy begin sing. Nie vir my of die klavier nie, maar vir Kaapstad, vir die mense daar buite. Sy slinger die musiek uit na hulle, asof sy hulle kwalik neem vir haar frustrasie. Ek hoor sy soek met elke asemteug na die stem van Violetta wat sy gehoor het, maar dit ontwyk haar, bly haar ontglip, sodat sy die note steeds perfek maar passieloos oor Oranjezicht en die Bo-Kaap en wie weet waar uitsprinkel.

En dan gebeur iets wat nie een van ons verwag het nie; van iewers af in die middernag antwoord 'n stem, 'n Alfredo, suiwer fluweel, kragtig, draend deur die donker.

"Amor é palpito . . ." Liefde is die polsslag . . .

Elsabé-Violetta se oë rek vir een kortstondige oomblik en sy antwoord: "O . . ."

". . . dell'universo intero . . ." Van die hele wêreld.

"O! Amore!" sing Violetta en stap uit op die balkon.

Ek moet erken, ek kan nie aanhou speel nie, want nou is iets besig om te gebeur. Iets in Elsabé Potgieter se stem . . .

Ek staan op, loop voetjie vir voetjie na die balkon se deur waar Elsabé staan, haar hand liggies op die reling, haar gesig na bo gerig, haar oë toe, en die laaste note van die aria sterf weg . . .

Die stilte daal weer oor Oranjezicht. Maar dit is nie genoeg vir die geheimsinnige Alfredo nie. Hy is 'n man wat die nektar van die gode geproe het en nog wil hê. Hy is verlief op 'n vroulike stem in die donker en hy wil nie ophou nie. Helder en sterk dra sy stem: "Ah, si, da un anno. Un di felici . . ." Dis een van die mooiste liefdesbekentenisse, die inleiding tot die duet, en my kleine Elsabé antwoord hom, maar dit is nie die Elsabé wat ek ken nie.

Sy het dit gekry, dink ek, maar ek wil nie te veel tob nie, want die passie het in haar hart gekruip en spoel nou uit deur haar stem. Ek maak my oë toe, want ek het nog nooit soveel skone klanke gehoor nie. Die stemme styg en daal, vervleg en ontknoop, minnaars van die klankgolwe, tot die laaste, goddelike noot teen die berg afgly.

Vir 'n paar ingehoue asemteue is die stilte volmaak. Dan roep 'n onsigbare buurman "Bravo!"; 'n ander geïrriteerde operahater "Ag, sjarrap," voor die nag weer sy gewone klanke van krieke en motors en die veraf geteem van 'n skip se mishoring laat hoor. Ons staan só, Elsabé by die balkon, ek by die deur, tjoepstil, elkeen met sy eie verwondering, sy eie vrae en antwoorde.

Wie is die stem wat haar geantwoord het, die onsigbare Alfredo? wonder ek. P.P.? Kan nie wees nie. Ek onthou sy stem nie só nie. Of het hy haar dalk gevolg, in 'n laaste poging om die derde stap te laat werk, soos 'n vakman wat nie tevrede is voor hy sukses behaal het nie?

Eindelik draai Elsabé weg van die balkon af. Ek sien hoe mooi sy lyk, hoe fyn en verdwaas haar glimlag is. Sy stap na my toe, plant 'n veerligte soen teen my wang. "Nag, oom Walter," sê sy fluistersag en verdwyn by die trappe af.

Ek bly staan, luister na haar vertrek en ek wonder oor en oor en oor hoe sy more gaan sing wanneer die skimstem nie daar is nie.

Oudisies in die operawêreld is haatlike gebeurtenisse, waar die valse hartlikheid van regisseur, begeleiers en sangers só dik is dat jy dit met 'n strykstok kan bespeel. Maar daar is ook 'n sekere maag knaag-opwinding, 'n afwagting, 'n mededinging in die lug wat dit onweerstaanbaar maak.

Ek stap saam met Elsabé die oefenkamer by die Nico binne, groet hier en daar, gesels met kennisse en vriende, bewus van my leerling se spanning – en ek weet sy het ook 'n nag van vrae agter haar. Almal se oë draai skielik na die deur, waar 'n lang ligtekopman inkom.

"Dis Oel," fluister iemand en almal loer onderlangs na hom, soos skoolkinders na 'n sportheld loer.

Die regisseur stel hom in die algemeen voor, dan aan Elsabé, nie te formeel nie, want sy is maar een van 'n klompie wat moet probeer.

"Ontspan," fluister ek vir oulaas, want ek sien Elsabé se skouers is styf en haar hande geklem. Ek neem my plek in.

"Un di felici," vra die regisseur en Oel en Elsabé knik afsydig, professioneel.

Ek wonder of die Duitser haar skoonheid raaksien. Ek wonder of hy een van daardie sangers is wat selfs in oudisies sy talent soos 'n stomp voorwerp rondswaai om die teenwoordiges te beïndruk. Ek wonder waar P.P. is. Ek wonder of Elsabé aan hom dink.

Oel Phlegebad sing.

Elsabé herken die stem eerste – haar hele wese ruk van die skrik, haar oë draai verbaas na Phlegebad.

Hy sing onwetend voort.

Ek sien haar glimlag soos sy nog nooit geglimlag het nie. Sy wag vir haar inval, haar bors wat diep dein vir die eerste asem, die eerste noot.

Ek sal Oel Phlegebad se gesig op daardie oomblik nooit vergeet nie . . .

Donkerberg se nuwe dokter

Sommige mense dink die hippokrates-eed is die titel van 'n Robert Ludlum-roman, maar op Donkerberg het hulle nog nie eens van Ludlum gehoor nie.

Ek is nie katterig nie, maar die derde pasiënt is nou net hier uit. Net soos die vorige twee, was sy oor die sestig, so gesond soos 'n Olimpiese atleet en baie, baie lief vir gesels. Net soos die vorige twee het sy 'n geskenkie gebring en min of meer dieselfde te sê gehad: "Ag, ek het net kom kyk hoe Donkerberg se nuwe dokter lyk, hartjie. Jy weet, jy is ons eerste vroulike dokter. En nou is jy nog mooi ook. Tante het vir jou 'n klompie eiers gebring."

Sy het die eiers langs die mandjie bloedrooi tamaties en die glasbottel ingemaakte perskes van die vorige pasiënte neergesit en 'n halfuur aanmekaar gebabbel.

Die geskenkies is seker oulik en 'n mens moet verstaan, hier is seker nie veel om te doen behalwe praat nie. Maar die mense sal vinnig moet begin verstaan: ek is 'n médiese dokter met ses jaar se studie, 'n harde jaar se internskap en nog twaalf maande by Tygerberg se traumaeenheid agter die rug.

En ek is nét vir drie maande hier.

Die pasiënte het almal beterweterig geglimlag toe ek dit gesê het. "As Donkerberg eers in jou bloed is, hartjie, gaan jy nooit weg nie," het hulle elkeen gesê asof hulle vooraf so afgespreek het.

Gmf. Ek is net hier omdat professor Moolman Erasmus gevra het ek moet kom. Donkerberg se vorige algemene praktisyn was 'n vriend van hom. En dié vriend is op ses en negentig in sy slaap oorlede. Die volgende dokter, glo 'n oudplaasjapie uit Bloemfontein, sal eers in Januarie kan begin. Arme man.

Nie dat Donkerberg 'n lelike plek is nie. Dit is veertig kilometer van Ceres af, diep in 'n kloof van die Witsenberg, met 'n kafee, 'n hotelletjie, 'n koöperasie, 'n algemene handelaar en 'n kerk netjies in 'n ry langs die hoofstraat. Hier en daar is 'n huisie op die groot erwe waar rose en groente elk in hul eie beddings staan. Maar dit is die soort plek waar ernstige dokters dalk oornag tydens 'n haastige vakansie. Dit is nie waar ek wil werk nie.

Ek staan op en stap ontvangskamer toe. Ek het klaar besluit dié ding moet end kry. Mevrou Herselmann is die ontvangsdame, 'n piepklein vroutjie van vyf en vyftig met kort, grys hare en 'n bril met dik lense.

"Mevrou Herselmann, ons sal moet . . ."

"Noem my tog tant Engeltjie, hartjie."

Ek wens sy wil my "Dokter" noem, maar dit is seker te veel gevra. "Ons sal moet praat. Nie een van vanoggend se pasiënte het mediese aandag nodig gehad nie. Dit is tog 'n spreekkamer vir siek mense dié."

"Ai, hartjie, dit is maar ons manier hier op die dorp. Ou Dok du Toit, mag hy in vrede rus, het die kuiertjies verwelkom. Hulle is ook maar nuuskierig oor die nuwe dokter. En dit nogal 'n vrou."

Ek probeer my stem so vriendelik moontlik hou. "Mevrou, dit is 'n voorreg om Donkerberg se jongste toeriste-aantreklikheid te wees, maar ek sal u moet vra om net siek mense toe te laat. U weet, in 'n krisissituasie kan so iets die toepassing van noodbehandeling ernstig kortwiek."

"Hier is nie eintlik krisisse op Donkerberg nie, hartjie,

Ou Dok du Toit het nou en dan 'n baba gevang en 'n blindederm uitgehaal, maar wat, dis gesonde mense dié."

Ek wil haar vra waarom hulle dan 'n dokter nodig het, maar 'n geneesheer moet altyd professioneel optree. "Mevrou, ons moet maar probeer om net dié met werklike klagtes te laat afsprake maak," sê ek met finaliteit.

"En as dit nou 'n gesonde, aantreklike jong boer is, hartjie?" vra mevrou Herselmann en gee 'n kekkellaggie wat ek nog nie voorheen gehoor het nie.

"Dan bly hy buite."

Sy knip die laggie kort en lyk ongemaklik. "Hier is oulike jong manne in die distrik, Dokter," sê sy verdedigend. Sy noem my nou "Dokter". Eindelik!

"Mevrou, ek is in die stad gebore en het daar grootgeword. Ek is seker die plaaslike mans is goeie mense, maar ek kan nie dink dat ek enigiets met hulle gemeen kan hê nie. Ons leef in verskillende wêrelde."

"Hoe só, Dokter?" vra mevrou Herselmann met 'n frons.

"Kom ek gee u 'n voorbeeld, Mevrou. Ek het verlede Desember met vakansie in Wene, dit is in Oostenryk, 'n hele nag in die sneeu gestaan om kaartjies vir Don Giovanni te kry. Ek het 'n vermoede Donkerberg se mans sal dié naam ietwat onbekend vind."

"Is dit daardie Italiaanse sokkerspeler?" vra 'n manstem agter my. Ek draai om en sien hom inkom.

"More, ta' Engeltjie, more, Dok." Hy is net soos ek my dié kontrei se mans voorgestel het: bonkig, met 'n dik nek, arbeidershande en sy hare te kort. "So, dan is dit hoe ons nuwe dokter lyk. Jy is 'n groot verbetering op ou Dok du Toit, mag hy in vrede rus. 'n Groot verbetering." Hy steek een van sy reuse hande na my uit. "Koos van Staden. Mooihoek."

"Dokter Leoni Maas." Sy greep is heeltemal te stewig en ek laat so vinnig moontlik los. Hy glimlag breed en ek sien sy gesig is rooi gebrand. Hy het seker nog nooit van sonskerm gehoor nie. Hy lig sy ander hand waarmee hy 'n mandjie vashou.

"Dis die eerste pere van die seisoen, Dok. Mooihoek se pere is die soetste in die land. Vra maar vir ta' Engeltjie. Welkom op Donkerberg. Hoop nie jy het eiendom in Kaapstad nie, want as Donkerberg eers in –"

"Jou bloed is, gaan jy nooit weg nie. Dit is wat almal sê. Maar ek het 'n verrassing vir julle."

"O?"

"In Januarie begin ek spesialiseer as internis by Tygerberg. Ek wil graag régte medisyne beoefen, u verstaan." Ek kan aan sy onverstoorde glimlag sien dat hy nie die sarkasme verstaan nie.

"Ons sal sien, Dok, ons sal sien," sê hy en dit klink soos 'n waarskuwing, 'n dreigement. Hy sit die mandjie op die tydskriftafel neer toe ek dit nie wil neem nie. "Nou ja, dan loop ek weer. Met lamtyd kan 'n man nie te ver van die plaas af wees nie. Seker lekker om vir so 'n mooi dokter te werk, ta' Engeltjie."

Hy lag, en mevrou Herselmann gee weer haar kekkellaggie.

Hy knipoog vir haar en loop by die deur uit.

Die res van die middag hoor ek 'n geselsery in die ontvangskamer, maar geen pasiënt kom in nie. Ek kan die tyd goed benut. Ek is juis agter met my leeswerk en daar is so baie mediese tydskrifte waarmee 'n mens op datum moet bly.

Teen vyfuur kom groet mevrou Herselmann. Ek pak my aktetas en dokterstas en stap hotel toe. Gisteraand was dit geen grap om 'n gesonde bord kos daar te kry nie. "Ma' almal eet mixed grill in dié hotel, Mevrou," het die kelner verstom geantwoord toe ek vra vir geposjeerde vis en slaai.

"Ek is nie 'n mevrou nie en ek eet nie mixed grill nie. Die cholesterolinhoud daarvan moet hemelhoog wees," het ek geantwoord.

"Ons kan insit net wat Juffrou wil."

Die uiteinde van die saak was dat ek aan die kok moes verduidelik wat "geposjeer" beteken én haar eerste eksperiment op dié kulinêre gebied trotseer. Die slaai was darem vars.

"Wil Juffrou weer daai opgekookte vis hê?" vra die kelner vanaand kopskuddend.

"Net die slaai, dankie."

Ná ete stap ek op na my kamer toe – perfek versier in daardie onvergeetlike styl genaamd sonder enige smaak. Ek sit eers en werk by die lendelam skryftafel, besig om 'n skedule vir die eerste termyn se spesialisstudie uit te werk. Dan, teen tienuur, is dit tyd vir 'n bietjie bederf. Ek het net voor ek weg is uit Kaapstad, die boek van Parker en Adcock in die hande gekry. *Modern Trauma Management. A Guide to the Specialist.* Ek bad eers en klim dan met dié boek in die bed.

Net ná elf begin dit reën. En toe lui die telefoon.

"Dokter Leoni?"

"Dit is korrek."

"Koos van Staden. Mooihoek. Dok, ek is jammer, maar hier is 'n krisis."

My hart juig, al is die oproep van die . . . boer. 'n Krisis vir dokter Maas!

"Ek kom dadelik. Wat is die probleem?"

"Dis Maria, Dok. Sy sukkel om die kleintjie uit te kry."

"Is sy in kraam?"

"Ja, 'n mens . . ."

"Hoe lank?" My brein is skielik glashelder, elke geboortekrisis se oorsake en gevolge, voorkomings en behandelings op die punte van my vingers.

"Ses uur, Dok, dis die probleem. Dis te lank . . ."

"Hoeveelste kind?"

"Sesde, Dok, maar eintlik . . ."

Ek is kalm, maar die adrenalien pomp. "Verduidelik my hoe om daar te kom," maak ek hom stil, want hy is reg. Dit is 'n krisis.

In 'n noodgeval gee 'n dokter nie om as haar nuwe klein BMW op 'n plaaspad vuil word nie.

Ek bestuur sekuur, volgens Koos van Staden se aanwysings, oor berge en deur dale, my dokterstas langs my op die sitplek, my skerp kolligte wat die pad deur die reën uitsnuffel. Dit is waarvoor ek gebore is, dink ek. Dit is wat my deur lang nagte se studie gedwing het, wat my deur dae aaneen se werk gedryf het.

Van Staden se sesde kind. En hy lyk nog nie eens dertig nie. Ek wonder of dié mense nog nooit van die bevolkingsontploffing en geboortebeperking gehoor het nie. En hy het wraggies vandag soos 'n wafferse Romeo by die spreekkamer ingekom en links en regs gepraat van "die mooi dokter". Miskien moet ek sy vrou daaroor inlig. Ek kry skielik 'n visioen van hoe Maria van Staden sal lyk ná ses kinders. Arme vrou. Arme man. Arme mense.

Ek ry die afdraai paadjie na Mooihoek amper mis in die reën wat al hoe harder neerstort. Die opstal is net 'n halfkilometer verder. Ek sien Koos van Staden se bonkige gestalte in die kopligte toe hy aangehardloop kom motor toe, sambreel in die hand. Ek gryp my tas en spring uit.

"Dis dierbaar van jou om te kom, Dok."

"Dit is my plig," sê ek.

"Nee, diékant toe." Hy trek my aan die arm toe ek met die opstal se trappies wil ophardloop.

Ek volg hom die donkerte in en ek kan nie help om te wonder waar die man sy vrou laat geboorte skenk nie. Dit is 'n skuur, sien ek, 'n groot struktuur van staal en sinkplaat. Hy ruk die deur oop en my bloed kook. Die chauvinisme! Dit is geen plek vir 'n verwagtende vrou nie.

Binne is die gebou groot en koel en dit ruik na . . . plaas? In die een hoek verlig 'n gaslamp 'n hoop hooi en ek hoor die pyngeluide. My humeur ruk handuit, maar iewers is iets nie reg nie.

"Dit is nie jou vrou nie," sê ek verstom toe ek die dier op die hooi sien lê. Haar buik ruk-ruk van die kraampyne, en steungeluide kom by haar bek uit.

"My wat?" vra Koos van Staden, sy hare sopnat van die reën.

Ek veg om my kalmte en professionaliteit te behou, maar my woede is te groot. "Dit is 'n skaap." Ek wys met my vinger na die dier.

"Natuurlik is dit 'n skaap," sê Van Staden, skielik self opgeruk. "Ek het jou probeer sê oor die telefoon.

"Ek werk nie met skape nie," sê ek en draai om na die skuur se deur toe. Die vermetelheid! En hy het dit 'n krisis genoem!

"Dis nie net 'n skaap nie. Dit is Maria, Suid-Afrikaanse Vleismerino-kampioen. Sy kos my vyf en veertigduisend rand. Sy is my toekoms, my . . ."

"Kry 'n veearts," sê ek onbeïndruk en maak die deur oop. Die reën waai in.

"Die naaste veearts is op Tulbagh. Hy antwoord nie sy telefoon nie." Hy kom staan voor my, sy gesig pleitend, sy groot hande voor hom. "Kyk, Dok, ek is jammer oor die misverstand. Maar 'n lewe is mos 'n lewe. En dit is Maria . . ."

Ek hoor die dier se pynblêr, en die desperaatheid in Van

Staden se stem. Ek gee toe aan jammerte en impulsiwiteit. "Nou goed. Ek sal probeer."

"Dankie, Dok."

Ek gaan hurk langs die skaap en maak die tas oop. My brein is besig om die fisiologiese ooreenkomste tussen mens en skaap te oorweeg. Dan sien ek die slaapsak en kussings langs die skaap, op die hooi. Was Van Staden bereid om hier te slaap, by sy skaap? Daar is nie tyd om dit te deurdink nie. Ek trek chirurgiese handskoene aan, hang die stetoskoop om my nek en gaan sit by die skaap. Die hartklop en asemhaling is onegalig. Speeksel en skuim versamel om haar bek. Die dier is in groot moeilikheid. Ek skuif, druk my hand onder die stertjie in, na binne, soekend. Van Staden is hier langs my, soos 'n bekommerde vader. Die reën raas hard op die sinkdak.

Ek voel die lam. "Watter kant moet eerste uit?"

"Eers die voorpote, dan die kop."

Maria maak 'n groot geluid en ek weet ek moet gou speel. Binne haar is alles verkeerd, omgedraai. Ek voel net die lam se buik en kan nie uitvind waar die kop is nie. Dan kry ek twee pote in die hande, voel verder. Nee, dit is die agterpote. My hand gly soek-soek deur die warm, nat baarmoeder. Die kop. Nek. Bors. Voorpote!

"Ek het dit!" Ek hoor die blydskap in my eie stem en is ietwat verbaas oor dié onprofessionaliteit, maar daar is nie nou tyd . . . Ek trek, saggies maar dringend. Die lam draai. Maria blêr diep, asof sy weet iets gaan gebeur.

Van Staden staan hier langs my, sy groot hande gereed om te help. Ek trek en voel die lam beweeg. Die kloutjies kom uit. Ek sit my ander hand by. Van Staden hou Maria vas. Dan kom die kop en die res – die lam peul uit soos 'n vlinder uit 'n papie en dan is hy buite, nat, glinsterend en bebloed in die lig van die gaslamp.

"Dis 'n ram," sê Van Staden en sy stem is trots. "Ek

dink ek gaan hom Tiaan noem." Dan lag Koos van Staden en sy groot hande streel Maria. Hy help haar omdraai om haar lam te lek.

"Tiaan?" vra ek, want skielik is daar 'n knop in my keel wat ek moet wegsteek.

"Vernoem na die WP-rugbykaptein, wat net so 'n rammetjie is." Toe lag ons saam, en ek kan nie glo ek sit in die middel van niks en nêrens met 'n lam op my skoot en 'n knop in my keel en lag saam met 'n boer wat sy lam Tiaan gaan noem nie.

Die musiek maak my wakker.

Vir 'n oomblik kan ek nie onthou waar ek is nie. 'n Baan helder sonlig val by die venster in, oor die groot, wit verebed se spierwit deken. Daar is 'n ou familieportret teen die muur. Gisteraand se gebeure kom terug: Maria en die lam, albei veilig. Toe het ek en Koos kom koffie drink in die groot kombuis by die koolstoof. Hy het vertel dat dit die eerste lam is wat Maria vir hom gee sedert hy haar gekoop het, en van sy planne om 'n stoet op te bou.

Ek moes ry, hier ná een, maar die reën het die rivier laat afkom en ek moes terugdraai. Koos het self die verebed kom opmaak en vir my een van sy hemde gebring, 'n groot, wit hemp om in te slaap. Ek het omtrent dadelik aan die slaap geraak, te moeg om te wonder oor dit alles.

Die musiek . . .

Ek spits my ore. Dit kan tog nie wees nie.

En die ander reuke. Spek wat bak. Is dit vars brood wat só ruik? Ek ken dit van die bakkery in Bellville, naby die hospitaal. En koffie. Vars koffie.

Ek staan op, trek die hemp uit, trek my klere aan en maak die deur op 'n skrefie oop. Die musiek, wonderlike hoëtrouklank, sypel deur die opening. Ek stoot die deur verder oop. Die sypeling word 'n stroom.

"Deh vieni alla finestra, o mio tesoro . . ."
Kom na die venster, my skat . . .
"Deh vieni a consolar il pianto mio."
Kom troos my in my hartseer.
Don Giovanni. En iemand sing uit volle bors saam.

Ek stap stil in die gang af en loer om die deur by die sitkamer in. Koos van Staden sit op die rusbank. 'n Skaaphond se kop rus op sy skoot. Die skaaphond se oë is toe. Koos van Staden se oë is toe. Maar sy hande dirigeer en sy baritonstem is vol en rond en mooi.

Die vloer kraak onder my en hy maak sy oë oop. Hy sien my en hy bloos bloedrooi.

"More, Dok."

"More, Koos," sê ek.

Hy staan op en draai sy hoëtroustel se volume sagter. "Toe jy gister van Don Giovanni praat, het ek onthou hoe lank laas ek na dié CD geluister het. Ek is eintlik 'n Verdiman. Maar kom, Saartjie sê ontbyt is reg. Ek hoop jy eet spek en eiers en wors, en vars brood met plaasbotter en Saartjie se fyn appelkooskonfyt."

My brein gee die cholesteroltelling, maar iewers kom daar 'n kortsluiting, want my maag skree van die honger, en die musiek is so mooi en die oggend is mooi, en daar buite in die skuur is 'n lam wat ek in die wêreld help bring het.

"Ek eet enigiets," lieg ek en stap saam met hom na die kombuis toe.

Die laaste oujongkêrel

Ek is met 'n halwe helm gebore, soos oorlede Ma altyd gesê het. En 'n halwe helm is beter as 'n leë dop, maar nie goed genoeg om voorgevoelentes oor alles te hê nie. Neem nou byvoorbeeld die ding van die nuwe vrou, Herklaas en die ekologie. Ek het nie eens 'n halwe voorbode van dié storie gehad nie.

Natuurlik wis Herklaas de Beer ook niks van die toekomstige moeilikheid nie. Die bietjie aanvoeling wat hy kon gehad het, is seker lankal met insekdoder uitgewis.

Nietemin, ek hoor die Dinsdagoggend van die nuwe vrou. By Suzie, Avondrus-tehuis vir bejaardes se administratiewe assistent. (Niemand word mos deesdae nog sekretaresses genoem nie.)

Herklaas is een van die eerste mense vir wie ek vertel. Hy is besig met chemiese oorlogvoering teen die miere in sy klein lappie tuin – omtrent die enigste vorm van inseklewe wat hy nog nie daar uitgewis het nie. Ek praat sommer so van die hekkie af, in die verbygaan.

"Het jy gehoor, Herklaas?"

"Skinder jy al weer, Lenie?"

Ek ken al sy buie. "Daar trek vandag iemand in wyle Margaret se eenheid in, Herklaas."

Hy grom net. Die man het geen sin vir 'n sappige nuuswaardigheid nie.

"Glo 'n geleerde vrou. Sy't by die universiteit klas gegee. En Suzie by die kantoor sê sy is nog mooi vir haar jare . . ."

Herklaas antwoord nie. Hy soek na die miere se hoofkwartier.

"Wie weet, Herklaas, as jy jou knorrigheid laat staan . . ."

Hy skud die botteltjie gif.

"Dit is nooit te laat vir 'n oujongkêrel nie, Herklaas . . ." Ek stap aan om vir Truia te gaan vertel.

Die vroue onder ons wat nog mobiel is, loer die volgende oggend by die nuwe vrou in om haar welkom te heet. In haar eenheid is dit net los Persiese matjies waar jy kyk en duur prente teen die muur.

Haar naam is Jean-Louise Vermeulen, maar sy is niks aansitterig nie. 'n Doodgewone mens; 'n weduwee, soos die meeste van ons. Selfs die een teekoppie het 'n merkie net onder die oor, as jy mooi kyk. En sy is nie só mooi soos Suzie my laat verstaan het nie. Haar figuur is nie te onaardig vir haar jare nie, maar die ouderdom het al sy pad geloop – daar is plooie langs die blou oë en haar hare is al goed grys. Sy gesels ook maar oor haar kinders, net soos ons.

Herklaas sien haar twee dae later vir die eerste keer – by die noodvergadering.

Die vergadering word gehou omdat Avondrus se eienaars al weer die tariewe wil verhoog. En kyk, as daar 'n vergadering te houe is, loop ons hom nie mis nie . . .

"Die bestuur het die saak aan ons verduidelik," sê Giel Lategan, die voorsitter van die inwonerskomitee. "Maar daar is niks wat hulle kan doen nie. Inflasie. Dit is maar weer inflasie."

Giel Lategan weet van inflasie. Hy is seker die suinigste man wat ek ken. Juis daarom dat ons hom verkies het, want hy sorg dat ons met die minste geld die meeste voordele kry.

"Van ons mense kan dit net nie meer bekostig nie, Giel," sê iemand van agter af.

"Ons weet," sê die voorsitter.

"Massa-aksie," sê ek. "Kom ons staak."

Hulle lag. "Ons staak al jare lank, Lenie. Dis 'n aftree-oord dié." Hulle lag nog harder.

"Orde, orde," sê Giel Lategan streng. "Julle moet verstaan – die komitee en bestuur het na alle moontlike maniere gekyk om die tariewe laag te hou. Maar daar is drie sake waaroor ons nie beheer het nie – voedselpryse, onderhoudskoste en die verpleegpersoneel se salarisse. Dit word deur ander mense vasgestel."

Die eetsaal raak stil. "Daarom moet die tariewe verhoog word," sê Giel, en ek sien sy mond sukkel met die woorde. Die inwoners se skouers sak en hulle kyk vloer toe. Jy kan nie stry met feite nie.

Toe staan Herklaas op. Nou kyk, hy is eintlik 'n stil man. Dié soort met wie ek moes getrou het, want jy het soveel meer tyd om dinge te sê. Maar as Herklaas die dag opstaan, kan jy weet hier kom 'n ding. En dit is ook so.

"Meneer die voorsitter, ek kry skaam vanaand."

Die voorsitter sug. "Hoe so, Herklaas?"

"Meneer die voorsitter, soos ons vanaand hier sit, is ons depressiekinders. Die meeste van ons. En oorlogskinders. Hier is selfs 'n paar wat die Groot Oorlog kan onthou. Ons het swaar gekry, Meneer die voorsitter, maar ons het nooit ons koppe laat hang nie. En nou, kyk na ons. Dis asof ons klaar verloor het."

"Wat is jou punt, Herklaas?"

"My punt is dat ons iets aan die onderhoudskoste en kospryse kan doen."

Giel se suinige ogies blink. "Soos wat, Herklaas?"

"Gee my daardie stukkie grond agter die motorhuise en Avondrus hoef nie weer vir groente te betaal terwyl ek die lewe hou nie."

Die vergadering kry weer lewe. "Hoor, hoor!" en "Nou praat jy!" klink oral op.

Herklaas hou sy hand in die lug vir stilte. "En die onderhoud . . . Hoekom moet ons daardie langhaarmannetjie van die dorp af laat kom? Hy werk nog slordig ook. Hier is van ons eie mense wat kan toor met 'n tang."

Nou tel ons stoom op. Almal praat gelyk. Die voorsitter maak sy stem dik, maar die vloedgolf van reaksie oorweldig hom. Daar's baie wat dit regtig nie breed het nie.

Toe ou Giel hulle eindelik stiller kry, is dit om komitees te kies. Naas vergadering hou, is dit seker die gewildste aktiwiteit by Avondrus. Ons kies twee komitees: 'n onderhoudskomitee, onder voorsitterskap van Lappies Labuschagne, en 'n groentetuinkomitee, wat jy ook dadelik as die tydbomkomitee kan herdoop. Want kyk, dit gaan oor Herklaas se agtergrond. Min mense weet van dié ding met hom en die familieplaas, so hou dit maar stil. Nietemin, hy wou glo geboer het vandat hy sy verstand gekry het. Hy het as kind al op sy pa se plaas daar naby Mafikeng sy eie lappie grond en paar stuks vee gehad. As hy kon, sou hy al net ná standerd ses uit die skool wou gaan, maar sy pa het sy voet neergesit. En toe, in sy matriekjaar, kry sy pa hartprobleme. Natuurlik lank voor professor Chris Barnard en hartoorplantings en hartomleidings, en die ou man is dieselfde jaar oorlede.

Die boedel was toe insolvent. Droogtes het sy pa ook maar uitgemergel, maar die bank en die landbank en die koöperasie het bly help omdat die ou man 'n goeie boer was. En toe hy wegval, was die laste 'n bietjie te swaar vir die bates en die plaas moes verkoop word.

Herklaas het die plaas probeer red, maar watter prokureur en bankbestuurder gaan hulle steur aan 'n matriekseun? Toe hy sien dit help niks nie, het hy sy ma-hulle Kaap toe gebring, want hy kon dit nie oor sy hart kry om 'n Afrikanerbees en 'n mielie in die oë te kyk nie.

In daardie jare het 'n seun óf in die bank óf in die Polisie gaan werk. Herklaas wou niks van banke weet nie. Toe sluit hy aan by die Polisie. Later het hy stasiebevelvoerder hier in Parow geword. En kyk, hy was moeilik. In die dae van motorfietse en ruk-en-rol het die eendsterte geweet hulle moes 'n wye draai om Parow ry. Herklaas het sommer self hul hare gesny as hulle rammetjie-uitnek was.

Sy hart was egter nog op Maretsane, by die diep rooi grond, die beeste en die doringbome.

Agter die goewermentshuis in Parow het hy jaar na jaar 'n paar mieliepitte in die grond gesteek en gesien hoe die suidooster die groei uit hulle uitwaai. Dit was die naaste wat hy aan boer gekom het.

Hy't nooit getrou nie, want g'n vrou sou dit ooit met hom kon uithou nie. En natuurlik, vandat hy hier op Melkbosstrand kom aftree het, is die lappie tuin voor sy eenheid die mooiste van almal, want hy doen niks anders as tuinmaak nie. Daarom is Herklaas die eerste en logiese keuse vir die groentetuinkomitee.

Toe ons die tweede lid eenparig instem, tóé is die voorbode eers daar, halwe helm en al. Toe voel ek 'n ding is aan die kom.

Dit is Giel wat so effens skaapagtig in die rigting van Jean-Louise Vermeulen geglimlag en gesê het: "Maar, Professor, u het mos met plante en dinge gewerk by die universiteit. Hoe lyk dit?"

Voor sy nog kon antwoord, het almal in 'n koor van beaming die nominasie bekragtig.

Ek kyk so na Herklaas se gesig en Giel Lategan se oë en ek weet sommer dadelik twee dinge: Giel het 'n oog op professor Jean-Louise. En Herklaas sou 'n eenman-groentetuinkomitee verkies het.

Giel bewillig tweehonderd rand van die komitee se geld vir die groentetuin en doen 'n beroep op die twee lede om tog mooi te werk daarmee. Toe sluit ons af met Skriflesing en gebed.

Die anderdagmore jaag die jig in my been my al voor sonop uit die kooi. Ek is nog skaars besig om my eerste beker koffie te drink of ek hoor die tjir-tjir van Herklaas se kruiwa teen die bultjie op. Ek loer by die venster uit. Herklaas is oorgehaal vir aksie, met graaf, spitvurk en hark in die kruiwa, op pad na die potensiële groentetuin.

Dit is toe dat ek weet Herklaas het nog nie 'n komiteevergadering oor dié projek gehou nie en hy is ook nie van plan om dit te doen nie. Dit voorspel natuurlik moeilikheid. Ek kry gou 'n paar beskuite en skuif my reg voor die venster.

Herklaas staan die lappie grond eers lank en bekyk, so amper asof hy 'n laaste oomblik van stilte hou vir alles wat meer as vier pote het. Toe vat hy sy skoffelgraaf en hy buig sy breë rug soos dié van 'n jong man en hy klim in.

Ek staan op vir 'n tweede beker koffie en toe ek weer kom sit, sien ek vir Jean-Louise Vermeulen die bultjie opstap soos 'n soldaat op pad slagveld toe, graaf en vurk oor die skouer. Sy stamp die vurk langs Herklaas s'n in die grond.

Hy gaan staan stil en kyk na haar. Sy kyk na hom. Die ou groot man met die skouers soos 'n buffel en die klein vroutjie. Die volgende oomblik is sy ook aan die skoffel dat jy net stof sien staan. Jy het nie eens 'n valhelm nodig om te sien dit is 'n soort oorlogsverklaring nie.

Herklaas staan vir haar en kyk en ek wens ek was nader om sy gesig te kan sien. Hy staan net daar, soos 'n soutpilaar, en kyk vir haar. Dan, skielik, klim hy met nuwe ywer onder die onkruid in.

Voor middagete is hulle klaar. Die hele Avondrus gons en kwetter soos 'n swerm spreeus. Almal gaan kyk na die gedoente. Hier en daar is 'n ou suur man wat sê die vrou is voor op die wa, maar oor die algemeen het almal respekte vir Jean-Louise Vermeulen se moed.

Toe ons in die eetsaal kom, kry ek so 'n voorgevoel oor wat volgende gaan gebeur. Dit is toe ook so.

Herklaas kom in, die stof en sweet afgewas. Hy stap na waar Giel sit en eet. "Ek is reg om die saad te gaan koop, Giel. Ek soek 'n voorskot."

"Maar het jy al met Jean-Louise gepraat oor wat julle gaan plant?"

Herklaas grom net.

"Julle is 'n demokraties verkose komitee, Herklaas. Jy moet die professor in die saak ken."

"Ek is voorsitter," sê Herklaas.

"Net om leiding te gee. Nie om alles self te doen nie."

"Dan koop ek maar die saad uit my eie sak," sê Herklaas en hy draai om.

Ek sien Giel se kop slaan toe. Hy wil geld bespaar, maar hy moet sy belange by die professor ook beskerm. Hy ruk sy maer lyf agter die tafel uit en keer vir Herklaas voor. "Dit is nie jou stuk grond daardie nie, Herklaas. Dit is ons almal s'n. Ons het dit aan jou en Jean-Louise toevertrou. As jy nie demokraties wil optree nie, kies ons 'n ander voorsitter." Giel se bokbaardjie wip op en af soos 'n kwikkie se stert. Dan moet jy weet hy is ernstig.

Herklaas skuur by hom verby. "Nou goed," sê hy, maar dit klink soos die gebrul van 'n gekweste leeu.

Toe ek en Truia uit die eetsaal kom, sien ons hoe Herklaas en die professor in sy bakkie afsit na Melkbos se enigste ysterwarewinkel. Hulle praat nie 'n woord met mekaar nie.

Dit gaan vir meer as 'n week redelik goed met die groentetuin. Al twee komiteelede werk van vroegoggend tot laataand – hulle plant en omhein en lei nat, steeds sonder om meer as die noodsaaklike gesprekke te voer.

Alles gaan goed tot een mooi oggend wat 'n mens Tafelberg glashelder van die bultjie af kan sien en ek daarvoor opstap groentetuin toe. Ek wil ook sommer kyk hoe dit met die wortels en boontjies, komkommers, skorsies, botterskorsies, blomkool, tamaties en blaarslaai gaan.

Ek is nog nie eens by die wit houtheining wat Herklaas opgesit en Jean-Louise geverf het nie, of sy bakkie hou hier langs my stil.

Ek "more, Herklaas" nog, maar hy hoor niks. Hy klim net uit en stap om na die groot streepsak agterop die bak. Hy sleep dit van die bak af en laat dit in die sand neerplof.

"En dié?" vra ek, bloot uit belangstelling.

"Slakgif," sê Herklaas met geesdrif en 'n skynsel in die oog.

"Oor my dooie liggaam," sê 'n stem hier langs my en ek kyk om. Dit is Jean-Louise. Ek dink haar studente was seker maar lugtig vir haar. Sy staan met haar hande op haar heupe en haar oë sê sy gaan niks nonsens duld nie.

Nou kyk, Herklaas was 'n inspekteur in die Polisiemag. Hy trek sy skouers terug en stoot sy nek vorentoe. "Professor het 'n keuse. Of óns eet die groente, of die slákke eet die groente. Wat kies jy?" Die sarkasme loop in strome van elke woord af.

Professor Jean-Louise stoot haar nek ook vorentoe, en daar staan die twee soos kapokhaantjies teenoor mekaar, hande op die heupe. "Daar is 'n ander manier," sê sy, en ek verstom my oor haar dapperheid.

"Wat?"

"Natuurlike, omgewingsvriendelike plaagbeheer."

Herklaas kry 'n trek om die mond wat hom laat lyk asof hy 'n Slakpilletjie onder die tong het. "Wat jy waar kry?"

Ek weet nie hoe Giel Lategan geweet het van dié dreigende rusie nie, maar toe ek weer sien, is hy daar.

"Is iets verkeerd, Jean-Louise?" vra hy met 'n stroperige stem.

Sy antwoord nie. Sy staar nog na Herklaas. En hy staar terug. Ek verduidelik toe maar vinnig vir Giel waar die probleempie lê, net om te help.

"Met wie se geld het jy die slakgif gekoop, Herklaas?" is Giel se eerste vraag.

"Met die voorskot." Herklaas kyk nog vir Jean-Louise.

"Maar jy kan mos nie . . ."

Herklaas draai na Giel, asof hy hom die eerste keer raaksien. "Wil julle hê die slakke moet die groente opvreet voor enigiets ryp is?"

Jean-Louise is nie verniet 'n geleerde vrou nie. Sy sien 'n gaping en sy vat hom. "My manier van plaagbeheer is goedkoper, én ekologies vriendeliker," sê sy.

"Goedkoper?" vra Giel en sy ogies blink al weer. "Nee, Herklaas, dan moet julle maar maak soos Jean-Louise sê."

"Kom ek gaan wys jou," sê sy, vlieg om en klim in Herklaas se bakkie.

Herklaas kyk Giel aan of hy hom 'n sak gif wil ingee, maar dit is alles pure verniet. Hy draai gelate om en klim in die bakkie.

Hulle ry sonder om 'n woord te praat. Ek sien net die professor lig so 'n klein, fyn handjie op om te wys watter kant toe Herklaas in die grootpad moet indraai.

Ek vertel so gesels-gesels vir inwoners wat verbystap van die petalje. 'n Klein skaretjie wat vir die berg staan en kyk, groei aan in die vars oggendlug en sien hoe die slakke lang, blink strepe in die rigting van ons groente maak.

Eindelik draai Herklaas se bakkie weer uit die grootpad terug hiernatoe. Die skare raak stil.

Herklaas hou stil. Ek sien die professor het 'n groot kartondoos op haar skoot. Sy klim uit. Hy klim uit. Hy lyk kwaad, soos altyd. Jean-Louise stap met die kartondoos tot binne die groentetuin se omheining en maak dit oop.

Haar natuurlike, omgewingsvriendelike plaagbeheer is twee doodgewone wit eende. Hulle stap kordaat by die kartondoos uit, kry die geur van vars slakke en laat hul snawels sak.

Ek vertel die waarheid as ek sê ek het nog nooit so iets gesien nie. Die eende begin op 'n punt en jy sien net hul vet wit stertjies wikkel soos hulle die groentetuin deurwerk. Van sonop tot sononder werk twee geel bekkies tussen die rye aanplantings deur. Net nou en dan drink hulle 'n bietjie water, seker om die slakke mee af te sluk. Want kyk, Herklaas hou die groentetuin mooi nat. En vars groente en klammigheid lok elke slak aan die Weskus. En hoe meer slakke by die tuin inseil, hoe lekkerder eet die eende.

Avondrus se inwoners praat oor niks anders nie. Ek stel voor ons voer die slakke eers knoffel. Dan kan die eende mos ná die Slag van Avondrus se Slakke sommer net so in die oond gesteek word, klaar knoffelslakgestop en gemarineer. Niemand dink dit is vreeslik snaaks nie.

Almal dink Jean-Louise is die slimste vrou in die Wes-Kaap.

Veral Giel Lategan, wat al 'n paar keer by haar gaan inloer het om haar geluk te wens met haar omgewingsvriendelike plaagbeheer.

Almal hou natuurlik vir Herklaas dop.

Ek sien Herklaas vroeg elke oggend waar hy teen die heining leun en die eende gadeslaan, en ek wonder wat in sy gedagtes aangaan. Sy hele lewe al bestry hy iets. Eers was dit misdaad, met elke middel tot sy beskikking. Toe, later, alle vorms van inseklewe. En hier kom 'n fyn vroutjie en sit hom ore aan. Hoe reageer 'n man soos hy? Gaan hy nog stuurser raak?

Die antwoord kry ons 'n week later, toe die eende die laaste slak se dop met 'n klein knersgeluidjie van die gras (of is dit nou groente!) af maak.

Hulle klein swart ogies het hier geloer en daar gekyk – en toe ontdek hulle die groente. As daar een ding is waaroor 'n eend amper net so erg is soos oor 'n slak, is dit blaarslaai. Teen dié tyd staan die slaaikoppies al sappig en rond. Die mannetjie proe 'n lekker vars slaaiblaar eerste. Toe spring die wyfie ook in.

Ek en Truia is besig om blomme in die bedding langs die administrasiekantoor te pluk toe ons sien hoe Giel Lategan na die groentetuin toe stap om inspeksie te doen van ons "belegging", soos hy dit noem. In Giel se kop is elke blaar wat in die eende se keelgat verdwyn soveel rand en sent. Sy lyf trek stokstyf soos hy ril.

Ons stap nader, sien wat aangaan, en ek weet die voorbode was nie verniet nie.

Giel staan soos 'n soutpilaar. Ek snap wat aangaan. Hy worstel weer met die suinigheid aan die een kant, en die verliefdheid aan die ander kant. Die eende is Jean-Louise se idee. En nou vreet hulle die belegging op soos twee wit inflasiespoke.

Sy mond gaan oop en toe. Sy hande maak klein beweginkies langs sy sye. Sy oë knip-knip. Só staan hy vir 'n minuut of meer. Dan ontspan sy hande en sy mond bly toe. Giel kom tot 'n besluit.

Kyk, Giel Lategan was sy lewe lank in die staatsdiens. Hy weet wat doen jy as jy nie weet wat om te doen nie. Jy hou 'n vergadering en delegeer die besluit.

"Kry almal bymekaar," sê Giel vir ons. "Daar is 'n vergadering in die eetsaal. 'n Noodvergadering."

Dit duur net tien minute om almal daar te kry, want ons weet hier kom 'n ding.

Giel sit voor en hy maak die mense stil. Sy oë flits van Herklaas na die professor toe. "Ons het 'n probleem," sê hy en verduidelik dat die eende nou die blaarslaai eet. "Ek wil hê ons moet 'n demokratiese besluit neem. Het iemand raad?"

Van die manne wat nie daarvan hou dat Jean-Louise die eerste rondte teen Herklaas gewen het nie, stel dadelik voor dat ons die sak slakgif weer moet uithaal en die eende vir die Kersfeesete in die vrieskas bêre. Dit maak Giel nog meer senuagtig en hy bly vir Jean-Louise kyk.

Gelukkig vir hom is daar van die vroue wat nie saamstem nie en sê die blaarslaai kan maar afgeskryf word, dit is in elk geval van die goedkoopste groente. En ewe skielik praat almal gelyk – tot Herklaas stadig opstaan.

Nog nooit het stilte só vinnig oor ons gedaal nie. Hy is immers 'n man wat nou kan sê dat hulle hom moes gelos het met sy gif. Hy kan nou inklim en vir Giel en die professor 'n mondelingse loesing gee soos hulle in jare nie gehad het nie.

Herklaas maak keelskoon. "Dié ding van die eende en omgewingsvriendelike plaagbeheer . . ."

Giel probeer sy kop by sy nek intrek.

"Dit is die slimste ding wat ek nog geleer het," sê Herklaas, en ek hoor hoe ek na my eie asem snak. Hy gaan voort: "As julle aan die eende vat, vat julle aan my."

Giel se kennebak begin weer bewe. "Maar . . ."

"Nee, Giel, daar is 'n oplossing. Sonder om enigiets gif te gee of af te slag."

Slaan my plat met 'n vars snoek. Dit, uit die mond van Herklaas de Beer.

Giel Lategan is ook stomgeslaan. "Maar hoe . . ."

"Ek is nog nie heeltemal seker nie, Giel, maar ek het 'n idee, en ek moet dit nog eers met professor Vermeulen bespreek. Intussen hoef jy jou nie verder te bekommer nie. Ek sal die eende nou uit die groentetuin gaan haal." En daar stap Herklaas by die deur uit.

Net voor die groot gegons begin, sien ek hoe Jean-Louise vir Herklaas agterna kyk.

Daardie selfde middag nog sien ek hoe klim sy en Herklaas in sy bakkie, en hulle draai links in die grootpad, dorp se kant toe. En hulle gesels 'n hond uit 'n bos uit.

Toe hulle terugkom, is daar 'n klompie planke en 'n rol sifdraad agter op die bakkie.

Giel staan besorg nader.

Herklaas sê net: "Met my eie geld gekoop, Giel," en gaan aan, maar ek dink nie dit is waaroor Giel hom die meeste bekommer nie.

Herklaas en Lappies Labuschagne begin timmer langs die groentetuin, Jean-Louise dra koffie en koekies aan, en die res van ons bly op 'n veilige afstand. Teen sononder staan die eendehok.

Ek weet daar is net twee mense wat vroeg-vroeg die volgende oggend sien hoe Herklaas en die professor afstap grootpad toe. Hy dra 'n uithangbord en 'n hamer. En hulle gesels saggies, land en sand. Teenaan die grootpad slaan Herklaas die bord se stut in die grond. Dan staan hulle so half agteruit en bekyk hul handewerk, en hulle glimlag vir mekaar.

Ons sou almal later sien wat op die bord staan: *Raak ontslae van tuinslakke op die groen manier. Eendjies eersdaags te koop. Bespreek joune nou.*

Maar net twee mense sien hoe vat die klein professortjie aan Herklaas se arm, daar voor hul advertensiebord langs die grootpad. Net so 'n sagte, vinnige vat. Maar dit sê genoeg.

Ék is die een wat dit sien. En dit is nie as gevolg van die halwe helm dat ek weet wie die ander een is nie. Dit is omdat Giel Lategan hier teen teetyd aan my eenheid se deur kom klop.

"Ek het gewonder of jy nog van daardie lekker Earl Grey-tee het, Lenie," sê hy ongemaklik.

En ek dink so by myself: 'n man wat spaarsamig met sy geld werk, is dalk 'n goeie ding vir 'n weduwee. Toe nooi ek hom maar in.

Die ongewenste indringer

Hulle het Gert se kakebeen misgekyk – en dit is dalk waar die moeilikheid begin het.

Soms gaan dit so as jy die hele dag met mense werk wat perfekte gelaatstrekke het – hoë wangbene, fyn neusies, en groot, blou oë.

Boonop het die vrou by die modelagentskap haar blind gestaar teen Gert se kleredrag, wat seker nie as uiters modern beskryf kan word nie.

As 'n mens in die hartjie van die Karoo met skape wil boer, moet jy 'n streep vasberadenheid in jou hê. Gert het geen tekort dááraan gehad nie. Ná sy pa se skielike dood moes hy die boerdery oorneem – al was hy nog skaars klaar met skool. Maar dié wat weet, het nooit getwyfel dat hy 'n sukses daarvan sou maak nie, want hulle het Gert én sy kakebeen geken. 'n Sterk kakebeen, met die ken effens vorentoe, wat spreek van vasberadenheid en deursettingsvermoë.

Die Karoo-son het die manier om jou te brand tot jy net so vaal soos die landskap is. Met Gert was dit ook die geval. Sy reeds blonde hare het spierwit verbrand, sy oë was so grys soos die stof in die pad kraal toe.

Ten spyte van die droogte en sprinkane en veesiektes het Gert vasgebyt. Daar was mense in die distrik wat selfs sou sê Gert is 'n welgestelde boer. Al wat hy nodig gehad het, was 'n vrou.

Hubare nooiens is nie meer volop op die platteland nie, en omdat Gert nie tyd gehad het om universiteit toe te gaan nie, was sy geleenthede om sy droomvrou te ontmoet min.

Die tantes in die distrik en op die dorp het dogters en kleindogters, niggies en kennisse voorgestel, maar nie een kon 'n lig in Gert se grys oë aansteek nie.

Tot op dié aand toe hy ná Sara se reuse aandete die landboutydskrif oopgeslaan het en die nuwe suiweladvertensie gesien het.

Gert Scholtz is nie 'n man wat gewoonlik na suiweladvertensies kyk nie. Dié vir skaapdip en stoetveilings is 'n ander saak. Maar dié suiweladvertensie tref sy oog, want die model wat by die heerlike bord kaasprodukte sit, is sy soort meisie. Haar groot mond glimlag breed. Die lagplooitjies speel om haar donkerbruin oë. Haar swart hare tuimel blink tot op haar skouers.

Sy is mooi, dink Gert. En interessant. Met 'n sin vir humor. Sy lyk sterk en gesond, soos 'n vrou wat haar kant sal kan bring op 'n Karooplaas.

Hy blaai om, maar blaai weer terug om nog 'n bietjie te kyk. Alles aan haar is reg.

Toe stoot Gert sy ken die eerste keer uit, asof hy 'n besluit neem.

Die volgende oggend, nadat hy saam met Abraham by die kampe was, die pos op die dorp gaan haal en sy tienuurkoffie gedrink het, maak Gert die oproep na die adverteerder se kantoor in Pretoria.

"Meneer, ons doen nie self die advertensies nie," sê die skakelbestuurder toe Gert uiteindelik met die regte mens gesels. "Ons het 'n reklameagentskap wat dit vir ons doen. Ek het nie die vaagste benul wie die model is en waar u met haar kan kontak maak nie."

Gert verduidelik sy dilemma en kry eindelik die agentskap se naam en telefoonnommer. Weer skakel hy – dié keer Kaapstad toe.

Nou moet hy Engels praat, want die agentskap se mense sukkel met Afrikaans. Hulle beduie dat die persoon wat met die betrokke suiwelproduk se advertensies werk, in 'n skeppende vergadering is en onder geen omstandighede gesteur kan word nie. Die man sal terugskakel wanneer hy klaar is.

Gert sit die gehoorstuk neer en vat die tydskrif na Sarah toe waar sy in die kombuis met middagete besig is.

"As hulle bel, moet jy sê ons soek dié juffrou se naam en telefoonnommer. Ek wil gaan kuier," verduidelik Gert.

Sarah bestudeer die advertensie noukeurig, want hier is die vrou wat moontlik die leisels van die huishouding kan oorneem. Sy sien die mooi lag en die plooitjies raak. *Ek hou daarvan,* dink sy. *'n Vrou wat kan lag, sal 'n aanwins vir Gert wees.*

Middagete kom en gaan sonder dat sy iets kan rapporteer.

Teen sononder, toe Gert moeg by die opstal aankom, is daar steeds nie nuus nie. Ná ete maak hy die pos oop, gaan die boeke na, kyk die nuus op televisie en vat die tydskrif en 'n boek getitel *Die rekenaar en boerdery* saam bed toe.

Die telefoon lui hom net ná middernag wakker. Die reklameman praat Engels en vra nie eens om verskoning omdat hy in die middel van die nag bel nie.

"Ek ken net die model se professionele naam: Simone. Sy werk vir The Perfect Face, 'n modelagentskap hier in Kaapstad. Wil julle haar gebruik vir 'n advertensie?"

"Nee," sê Gert. "Ek wil by haar gaan kuier."

Die man lag en Gert stoot sy ken uit. Hy vra die modelagentskap se telefoonnommer, bedank die reklameman vir sy moeite en stap terug bed toe.

Sally kom uit die Swartland, maar mense wat by haar raad

vra in The Perfect Face se voorportaal, sal dit nooit sê nie. Haar Engels is sonder aksent, haar klere en haarstyl modern en sy duld nie ligsinnighede nie. Om die ontvangsdame en skakelbordoperatrise van 'n modelagentskap te wees, verg professionele optrede. En Sally is professioneel.

"The Perfect Face, good morning," antwoord sy die telefoon net ná halfnege.

"More," sê Gert uit Richmond se kontrei. "Kan ek asseblief met Simone praat?"

"Sy is nie op die oomblik hier nie, Meneer. Kan ek 'n boodskap neem?" hou Sally in Engels vol, al pla haar gewete haar so effens.

"Weet jy dalk waar ek haar in die hande kan kry?"

Sally sug en slaan oor na Afrikaans. "As u haar as model wil gebruik, kan u met Samantha praat. Maar, as dit persoonlik is, moet u haar by die huis skakel."

"Het jy haar huisnommer?" vra Gert.

"Ek is jammer, ons verskaf nie modelle se persoonlike besonderhede aan die publiek nie."

Gert stoot sy ken uit. "Nou hoe gaan ek haar by die huis kan bel, Juffrou?"

"Dit is u probleem, Meneer. Tot siens." Sally skud haar kop ergerlik en laat haar rooi naels elegant oor die skakelbord se knoppies dans om die volgende oproep te beantwoord. Sy vergeet onmiddellik van Gert se navraag.

Dit sal nie te moeilik wees om sy eerste vakansie te neem nie. Lamtyd is nog maande weg en die slagvee is al afgelewer, besluit Gert. Sy groot probleem is om te besluit wat in die mandjie gepak moet word wat hy vir Simone wil neem. Abraham stel dadelik 'n skaap of twee voor – lewendig natuurlik.

Sarah se lagbui laat hom gou daarvan afsien. Sy is meer prakties. Stadsvroue is dol op vars plaasgroente, sê sy.

Sy sal persoonlik toesien dat oupa Jantjie van sy beste koolkoppe, tamaties, wortels en boontjies in die tuin agter die groot stoor gaan pluk.

Gert is nie heeltemal oortuig dat sy reg is nie, maar haar geesdrif laat hom swyg. Hy gaan tap die bakkie se olie af en sit nuwe vonkproppe en punte in vir die dagreis Kaapstad toe.

Dié aand pak hy en Sarah sy tas. Sy kerkpak en skoene, das en hemp kom netjies in die droogskoonmakers se plastieksak. Heelbo is sy nuutste werksklere en skoene.

"Jy moet maar 'n swembroek in Kaapstad koop. Dis al wat nog kort," sê Sarah terwyl sy 'n plastieksakkie by sy was- en skeergoed op die wasbak neersit. "En moenie moreoggend dié vergeet nie."

Gert bêre sy bankkaart, die tydskrif en die hotel se adres net voor slapenstyd in die bakkie se paneelkissie. Terwyl hy terugstap opstal toe, kyk hy na die sterre en wonder of dit die laaste keer is dat hy die uitspansel hier op die plaas alleen aanskou.

Toe stoot hy sy ken uit en staan bed se kant toe.

Sally is met 'n oproep besig toe die man met die mandjie in die hand voor haar toonbank kom staan. Dit gee haar tyd om hom goed deur te kyk. Sy vaal hare en grys oë raak weg in die bruingebrande gesig. Die blou hemp span mooi oor sy breë borskas, maar die hemp se snit is . . . wel, ietwat uit die mode. Die grys broek ook. Dit is netjies gestryk, maar tipies 'n massaproduk. Die swart skoene is ook nie die soort wat jy in ontwerperswinkels kry nie.

Wat in die mandjie is, kan sy nie sien nie, want 'n gaasdoek bedek die inhoud.

Tussen twee oproepe stal sy haar Engels uit. "Kan ek help?" vra sy met haar stemtoon wat vir afleweringsmense gebêre word.

Gert steek sy hand uit. "Gert Scholtz. Is Simone dalk hier?"

"Simone? Is dit vir haar?" Sally skud sy hand baie onwillig, slaan teësinnig oor na Afrikaans en wys na die mandjie.

Gert knik en glimlag.

"Sy is nie hier nie. Jy moes eers geskakel het. The Perfect Face, good morning," beantwoord sy die volgende oproep.

Maar Gert bly staan. Sally kyk hom weer op en af. Sy sien nie die kakebeen raak nie.

"You're going through. Meneer, ek het gesê Simone is nie hier nie."

"Dan wag ek maar," sê Gert met 'n geduldige glimlag. Hy draai om en stap na 'n paar ontwerperstoele en 'n tafeltjie wat teen die muur staan, terwyl hy sy ken uitstoot.

Sally vererg haar bloedig, maar voor sy professioneel kwaad kan word, lui die telefoon weer.

Gert skuif die mandjie onder dié stoel in wat vir hom die meeste na 'n stoel lyk, gaan sit en soek deur die tydskrifte op die tafeltjie. Hy sien hoe 'n man by die deur ingedraf kom met 'n groot, plat sak in sy hand. Gert vergaap hom, want die kêreltjie is amper so mooi soos 'n vroumens.

Die man drafstap tot voor Sally se toonbank. Sy skryf 'n boodskap neer. "Haai. Ek is Pierre. Ek moet my portfolio vir Samantha kom wys," sê hy.

Sally is meteens dankbaar dat daar nog normale mense in die wêreld is. Sy glimlag pragtig vir Pierre. "Samantha is nog in 'n vergadering met die reklamebestuurder van 'n baie groot reklameagentskap. Sit gerus. Sy sal nie lank besig wees nie."

Sally beduie na die tafels en stoele en sien dan weer vir Gert raak. Haar glimlag weifel 'n oomblik.

"Meneer, verskoon my . . ." Sally haat dit om Afrikaans voor Pierre te praat, maar dit is darem 'n noodgeval.

Gert kyk op.

"Jy kan nie hier sit en wag vir Simone nie. Jy sal moet gaan."

Gert glimlag weer hoflik. "Dit is die enigste plek waar ek vir haar kan wag," sê hy en sy ken skuif 'n sentimeter of wat vorentoe – dié keer onder Sally se neus, by wyse van spreke.

Sally is egter te ontsteld om dit raak te sien. "Dan sal ek maar sekuriteit moet skakel," sê sy en draai om na haar skakelbord.

Gert steek sy hand uit toe Pierre aan die ander kant van die tafel gaan sit. "Gert Scholtz," sê hy.

Pierre skud blad. "Pierre van Aswegen."

"Jy is nie dalk van Colesberg se Van Aswegens nie?" vra Gert.

Pierre se potblou oë verhelder en sy glimlag stel perfekte tande ten toon. "Ja, my pa-hulle boer daar. Pierewiet van Aswegen van Schoongezicht."

"Ek het verlede jaar 'n merino-ooi by hom gekoop," sê Gert.

Butch Bester is 'n groot man. Met die blou sekuriteitsuniform, die groot, swart gordel, die radio, knuppel en knewels van stewels aan sy voete, lyk hy nog groter.

Toe Sally hom skakel en sê daar is 'n ongewenste indringer by ontvangs, reageer hy dadelik. Sally het weliswaar nie na Gert as 'n "ongewenste indringer" verwys nie. Dit is maar net hoe hulle vir Butch geleer praat het by die sekuriteitskool.

Butch trek sy maag in en rol sy skouers 'n slag toe hy by die hysbak uitkom, om seker te maak dat hy die beste moontlike indruk op die indringer maak.

In The Perfect Face se ontvangslokaal is daar egter geen teken van 'n indringer nie – gewens of ongewens. Sally is weer besig met die skakelbord, en teen die muur sit 'n groot kêrel met 'n klein kêreltjie en gesels.

Butch wil omdraai om in die gang ook te gaan loer. Maar toe hoor hy die manne teen die muur praat Afrikaans – en die groot kêrel is besig om te vertel hoe hy 'n rooijakkals vasgetrek het. Hy staan nader, laat sak sy maag en begin luister, want dié man kan 'n storie vertel. Teen die einde van Gert se storie lag Pierre en Butch ewe hard. Pierre vra wanneer laas Gert reën gehad het.

Sally kan haar oë nie glo nie. Toe sy opkyk, is die sekuriteitswag wat haar so irriteer, wraggies besig om 'n stoel uit te trek en soos 'n wafferse cowboy agterstevoor daarop te gaan sit – in háár professionele ontvangslokaal.

Sy besluit net daar en dan dat sy hier met 'n krisis te doen het. Dit is tyd vir noodmaatreëls. Sy sal vir Samantha sê, want Samantha, die grootbaas van The Perfect Face, verdra nie moeilikheid van enigiemand nie.

Toe Sally skakel, is Samantha Serfontein besig om met 'n probleem te worstel. Die reklamebestuurder oorkant haar lessenaar soek na 'n manlike model. En The Perfect Face kon tot nog toe nie die regte een verskaf nie.

Samantha wil nie hê die reklamebestuurder moet sy manlike model op 'n ander plek gaan soek nie, want netnou-netnou loop die storie dat The Perfect Face nie die perfekte gesig kon verskaf nie.

"Hier is 'n man by ontvangs wat nie wil loop nie," sê Sally met 'n stem wat die eerste tekens van stres toon. "En nou sit die sekuriteitswag ook hier."

"Ek kom," sê Samantha streng, want sy verwag professionele optrede van haar mense. Sy glimlag vir die reklamebestuurder toe sy die gehoorstuk neersit. "Verskoon my net 'n oomblikkie. Ons het 'n klein probleempie. Ek is nou terug," sê sy terwyl sy seepglad uit die stoel glip en by die deur uitgly.

'n Bulderende gelag begroet Samantha toe sy by die ontvangslokaal instap. Pierre en Butch skater – Butch só erg dat hy amper van sy stoel afval.

Dié gelag en Samantha se verskyning is net een te veel vir Sally. Haar professionaliteit stort in duie. 'n Swart maskarastreep biggel teen haar wang af.

Ten aanskoue hiervan waai die stem waarmee Samantha al honderde modelle, fotograwe en reklamebestuurders tot stilstand gebring het, soos 'n koue Karoo-winterwindjie oor die drie manne.

"En wat is hier aan die gang?"

Butch en Pierre herken haar, spring gelyk op en begin verduidelik.

"Ek is nog besig om na die ongewenste indringer te soek."

"Ek het my portfolio kom wys."

Gert stoot sy ken uit, staan ook op, stap nader en steek sy hand uit. "Gert Scholtz. Ek wag vir Simone."

Samantha sou die kakebeen onder normale omstandighede raakgesien het toe sy sy hand skud. Sy is immers 'n vrou wat haar brood met gesigte verdien. Maar sy is te gretig om te weet wie die man is wat nie wil loop nie, soos Sally gerapporteer het.

"Waar is hy?" vra sy.

Sally ignoreer nou die skakelbord se gelui heeltemal. Sy lig haar vinger en wys beskuldigend na Gert.

"Daar is hy," sê nog 'n stem. Almal kyk om. Die reklamebestuurder staan in die deur en wys ook met sy vinger na Gert.

"Ek?" vra Gert.

"Ja," sê Sally en die reklamebestuurder saam.

"Hy is perfek," sê net die reklamebestuurder.

"Hy is 'n indringer," sê Sally.

"Hy?" vra Butch en wys uit die veld geslaan met sy knuppel na Gert.

"Ek wag vir Simone," sê Gert, en sy ken skuif weer 'n paar millimeter na vore.

Dié keer sien Samantha egter die kakebeen. En sy weet, want sy ken gesigte én mense. "Wag, wag, wag," sê sy. "Kom ons kry eers 'n koppie tee vir almal."

Simone se regte naam is ook Simone. Haar pa wou die Franse herkoms laat voortleef. Simone de Villiers: suiwelmeisie; deeltydse model; heeltydse onderwyseres.

"Jy sal jou persoonlike telefoonoproepe in werkstyd moet beperk, juffrou De Villiers. Anders sal ek met die hoof moet praat," waarsku die suur oujongnooi in die skool se administratiewe kantoor toe Simone ingehardloop kom om die oproep te neem.

"Ons het 'n klein probleempie," sê Samantha oor die telefoon. "Kan jy net ná werk 'n draai kom maak?"

"Natuurlik," sê Simone. "Sien julle twee-uur."

As Gert haar kon hoor lag, sou hy die gemoedsrus gehad het dat hy haar reg opgesom het. Maar hy is nie by toe Simone haar bos swart hare agteroor gooi en Samantha se kantoor met haar klokhelder lag vul nie. Dit is nadat Samantha haar van die hele petalje vertel het.

"Waar is hy nou?" vra Simone.

"By sy hotel. Maar ek het belowe ek sal hom voor vier bel.

Asseblief, Simone, jy moet help."

"Hoe?"

Samantha het die plan deeglik uitgewerk. Die reklamebestuurder wil Gert as model vir sy foto hê. Gert weier volstrek. Hy wil net vir Simone hê. As Simone nou byvoorbeeld saam met Gert kan gaan eet en hom ompraat om net vir 'n paar foto'tjies te poseer, kan almal se probleme mos opgelos word.

"Hy klink na 'n interessante karakter," sê Simone nadenkend.

"En glad nie te onaardig nie," las Samantha by. "Hy het 'n kakebeen."

"'n Kakebeen?"

"Jy weet mos. Daardie soort wat sy ken uitstoot en veg tot hy presies kry wat hy wil hê."

"Hm, 'n sterk, manlike man."

"Ja," beaam Samantha geesdriftig. "'n Man so na jou hart."

"Nou goed. 'n Ete saam met hom kan seker nie kwaad doen nie."

Samantha glimlag dankbaar. "O, amper vergeet ek. Hy het vir jou iets saamgebring." Sy haal die mandjie onder die lessenaar uit. Simone se lag weerklink tot by Sally in die ontvangslokaal.

Dit is nie liefde met die eerste oogopslag vir Simone nie. Daarvoor is hulle albei aanvanklik te veel op hul senuwees. Maar soos die aand vorder, ontdek Simone sy grys oë in die kerslig. Sy mooi, rustige stem wat vertel van die veld en die son, omhels haar, sodat sy vergeet van sy styllose klere.

Anders as die meeste mans met wie sy uitgegaan het, kan Gert luister. Toe sy oor haarself en haar drome begin praat, kan sy sien hy stel regtig belang – dis asof hy daarna dors om dit met haar te deel.

Teen laataand skuif sy op die ingewing van die oomblik haar hand onder Gert se groot, growwe hand in, asof dit daar hoort.

Die advertensie, wat in baie tydskrifte verskyn het, is nou nog teen die koöperasie se muur opgeplak. 'n Mens kan nie vir Gert daarop miskyk nie. Hy staan lewensgroot, met 'n breë, kaal bors en 'n gesig halfvol skeerroom, maar 'n mens kan daardie legendariese ken nog sien. In sy hand hou hy 'n spesiale skeermes vas. En onder die foto staan die slagspreuk: *Ferrini. Die skeermes vir 'n man wat kan.*

Die manne van die distrik spot nou nog vir Gert daaroor. Hy lag egter net, want hy weet dit was 'n goedkoop prys om te betaal vir sy Simone.

Hulle is net 'n paar maande ná sy beroemde reis Kaapstad toe getroud – in die klipkerk op die dorp. Die hele kontrei se mense was daar. En natuurlik 'n klompie personeellede van The Perfect Face.

Butch wou 'n erewag van sekuriteitsmanne buite die kerk laat staan, maar Simone het botweg geweier. Pierre het aangebied om al die blomrangskikkings self te doen, wat pragtig gelyk het.

Samantha het gesê sy sal net troue toe kom as Gert vir Simone sal toelaat om nog modelwerk te doen, net wanneer sy wil. Samantha was op die troue.

Die bruilofsgangers praat ook nou nog van Sally, wat amper heel voor gesit het. Toe die predikant sê: "Gee mekaar die regterhand," het sy alle selfbeheersing en professionaliteit verloor en heerlik begin huil.

Simone het onlangs in twee televisieadvertensies verskyn, maar nie meer as 'n jong, hubare meisie nie. Sy het die rol van 'n ma vertolk, want op die werf hardloop daar twee lewenslustige spruite rond en vertrap oupa Jantjie se groentetuin.

Die oudste het 'n pragtige bos hare, nes haar ma. En dieselfde klokhelder lag. Die jongste se ligte hare en potblou oë is nog nie deur die Karoo-son verskroei nie. Maar as 'n mens na sy kakebeen kyk, is daar geen twyfel nie: dis Pa se seun.

'n Vreemde vlieënde voorwerp

Lena skrik groot vir die twee dosyn rose op die kombuistafel en die geskenk daarby – vrolik toegedraai met helderkleurige, bont papier en 'n windmakerige lint. Haar eerste gedagte is: waar het die seuns die geld daarvoor gekry?

Hulle kom om die hoek gestorm, trots, selfbewus en rumoerig. "Veels geluk liewe Maaa-a . . ." Regardt sing vals met sy stem wat pas gebreek het, saam met Karel, 'n nootvaste sopraan. Die verjaardagliedjie word voltooi en dan staar hulle na hul skurwe tone.

"Julle moes nie . . ." Waar het hulle die geld gekry? Maar sy weet dit is nie nou die tyd om te vra nie. "Baie dankie. Die rose is pragtig."

Regardt bloos bloedrooi. Karel staan nader om haar te soen.

"Ma moet die geskenk nou oopmaak," sê Regardt en soen haar vlugtig op die wang.

"Julle bederf my. Ai, die rose is só mooi." Lena haal die lint versigtig af om te bêre.

Die seuns staan langs die tafel, hul oë op die geskenk, terwyl hulle op haar reaksie wag.

Dit is die moderne plat kookskaaltjie wat sy al so lank wil koop, maar elke keer uitstel omdat daar nie geld vir luukshede is nie. Lena se oë is vol trane. Sy hou haar arms oop.

Karel laat nie op hom wag nie. "Dit beteken sy hou

daarvan," sê hy selfversekerd aan Regardt en verduur haar omhelsing.

Regardt glimlag skeef en verlig.

"Baie, baie, baie dankie . . ." Sy wil byvoeg: "Julle pa sou trots gewees het," maar sy weet dit sal veral vir Regardt nog meer ongemaklik maak.

"Ons wou 'n koek ook gebak het, maar ons was bang die ouens vind uit," sê Karel.

Sy glimlag en vee haar trane af. "Julle gaan laat wees vir skool."

Hulle is verlig oor die ontsnapkans en storm saam by die deur uit. Sy skud haar kop. Haar seuns. Karel is die mooi een, die haan onder die standerdsewe-henne. Regardt is die stil sportman, lank en lenig en aanstaande jaar in matriek, maar nog sonder 'n meisie.

Waar sou hulle die geld vandaan kry? wonder sy weer. Die skaal kos 'n klomp geld. En die rose? Sy begin met voorbereidings vir ontbyt. Dié vrae kan wag tot hulle van die skool af terugkom.

Ruth, die Engelse buurvrou, kom tienuur tee drink. Sy staan die voordeur vol met haar breë lyf, melktert in die hand. Die tert het nie mooi gestol in die middel nie, maar Ruth was nog nooit bekend vir haar bakwerk nie.

"Happy birthday, sweetheart. Ek weet jy moet tik, maar 'n mens verjaar net een keer per jaar."

"Ek is voor met die werk en die hof is more in reses. Hulle het nie die transkripsies nodig nie."

"Jy is gelukkig om so by die huis te kan werk. As ek net kon tik . . ."

Hulle stap kombuis toe en Lena sit die ketel aan vir tee. Sy vertel vir Ruth van die seuns se verrassing en haar kommer oor die geld se oorsprong.

"Ag, I'm sure there's an explanation. Jy het goeie kinders. Ek wens Sybil was só."

Lena neem die skinkbord met tee sitkamer toe en hulle gaan sit.

Ruth takel die melktert asof dit 'n pryswenner is. "Het jy gelees van die UFO's?"

"Die wat?"

"Die UFO's. Jy weet, unidentified flying objects." Ruth slaan haar oë dramaties op na die plafon en beweeg haar piering deur die lug asof dit 'n missiel is.

"Ó, die vreemde vlieënde voorwerpe. Ek sien die Gazette het 'n storie daaroor. Maar dit is bog."

Ruth is teleurgesteld oor Lena se skeptiese houding. "It's the third time this year, you know. Die Weskus is bekend daarvoor."

Lena dwing haarself om die sny melktert op te eet. "Die Weskus is ook bekend vir sy verbruik van wyn saam met kreef en perlemoen. Die enigste sfeer wat daardie man gesien het, was die boom van 'n bottel."

Ruth lyk nou kwaai afgehaal. Lena probeer 'n laaste rasionele argument. "Buurvrou, ek woon nou al sestien jaar op Melkbosstrand. Toe my man nog geleef het, was ons gereeld op mooi somersnagte op die strand. Die enigste vreemde ding wat ek ooit gesien het, was die kernkragsentrale." Sy wys in die rigting van Koeberg.

"Het jy al besluit wat jy vir Regardt vir sy verjaardag gaan koop? It's only two weeks, you know," verander Ruth seergemaak die onderwerp.

Lena sug. Sy weet hy wil hartstogtelik graag 'n krieketkolf hê. 'n Duncan Fearnly Rapier, soos dié een waarmee die Springbokkaptein speel. En Regardt is juis genooi na die Boland se skoleproewe. Maar die kolf kos om en by 'n duisend rand . . .

"Ek dink hy het 'n nuwe kerkhemp en das nodig."

"I'll bake him a lovely chocolate cake," sê Ruth, haar VVV-teleurstelling vergete.

Lena sit kaas-en-sampioensouttert saam met slaai voor vir middagete. Karel spreek sy waardering daarvoor uit met 'n mond vol kos. Regardt knik instemmend.

"Dit is die skaal se skuld. Hy meet so netjies, dit moet 'n sukses wees." Dan kan sy dit nie meer hou nie. "Kinders, ek is baie dankbaar dat julle my verjaardag onthou het, en vir die blomme en die skaal. Maar dit kos geld . . ."

Regardt kyk na Karel – nie 'n goeie teken nie. Karel sluk nog 'n mond vol melk af. "Ma moet Ma nie bekommer nie. Ons was eintlik vreeslik gelukkig." Hy glimlag breed en die duiweltjies dans in sy oë.

"O?" sêvra Lena skepties.

"Het Ma gelees van die vreemde vlieënde voorwerp?"

Sy frons net. Die seuns moet besef dit is nie grappies nie.

"Ma sal dit nie glo nie, maar nou die middag het ons mos laat hier van die klub se krieketnette af gekom. Toe staan die ruimteskip hier langs die pad. So 'n lang, silwer ruimteskip."

"Karel," sê sy gemaak streng, maar haar stem is nie regtig kwaai nie. Hy vertel dit met soveel oorgawe. En dit is tog haar verjaardag.

"Ma, ek weet dit is moeilik om te glo. Maar daar klim toe so 'n lang, donker man uit met 'n spierwit ruimtepak aan wat tot hier by sy nek kom. En hy dra so 'n helm onder sy arm. Toe sê hy die skip se battery is 'n bietjie pap, en as ons help stoot, sal hy vir ons 'n honderd rand gee."

Albei die seuns lag. Lena lag maar saam. "Ek sal nog die waarheid uitvind. Julle moet tog maar mooi werk met julle spaargeldjies."

"Ma kan maar in ons spaarrekeninge gaan kyk. Alles is nog daar," sê Regardt.

Toemaar, ek het al vanoggend gaan seker maak, dink sy. Maar sy sê niks. "Nog souttert?"

Hulle knik geesdriftig. "Ruimteskip stoot maak my altyd honger," sê Karel en giggel soos 'n bakvissie.

Die maatskappy vir wie sy hofverslae tik, stuur ook blomme. Teen laatmiddag kom loer nog vriende in, ook dominee Van Greunen. Haar broer bel laataand, soos gewoonlik heel laaste.

"Al twee en veertig, kleinsus. Jy haal my nou in."

"Dink jy ek gaan ook nou begin bles word?" kap sy terug.

"Jy durf nie. Jy moet nog 'n ryk wewenaar losslaan voor dit aftreetyd is."

"Jy's laf."

Toe sy later, voor slaaptyd, die vensters en deure nagaan, sien sy dit is volmaan. Sy staan stil voor die venster en tuur na die uitspansel. Twee en veertig, dink sy. Te laat vir 'n weduwee om aan weer probeer te dink. Al is haar kort, swart hare nog sonder grys en haar figuur goed genoeg vir 'n eenstuk op die strand. Dit verg 'n sekere ingesteldheid om weer verlief te raak. En dit het sy ontgroei. Maar, wie weet? Miskien, eendag . . .

Sy wil wegdraai van die venster af, maar 'n beweging in die donker hemel tref haar oog. Toe sy dit soek, is dit egter weg.

"Een van die dae sien jy ook VVV's met pap batterye," sê sy saggies vir haarself en glimlag. Dan stap sy kamer toe.

Die volgende oggend versorg Lena die wasgoed, want die hofreses gee haar 'n dag se blaaskans.

Iemand klop só vasberade aan die deur dat sy dit bo die geraas van die ou dubbelbalie hoor. Sy kyk op haar horlosie. Halfnege. Heeltemal te vroeg vir Ruth, wat tot nege-uur slaap. Dis seker iemand wat werk soek.

Sy gaan maak die voordeur oop.

Die besoeker is lank en donker, in sy laat veertigs, grys

teen die slape. Hy staan voor haar in 'n eienaardige, spierwit oorpak wat blink soos plastiek. Dit bedek hom van sy snaakse, wit stewels af tot by sy nek. Onder sy arm is 'n soort helm, ook wit.

"O my liewe genade," prewel Lena. Haar lam knieë het niks met die man se waardige aantreklikheid of hoflike glimlag te doen nie.

"Ek is jammer om te pla," sê hy, effens uit die veld geslaan oor haar reaksie.

"Hy praat Afrikaans," sê sy saggies vir haarself.

"Ekskuus?"

"Nee . . ." Sy kry nie die regte woorde nie.

Hy steek sy hand uit. Dié een wat nie die helm vashou nie. "Gunter." Hy probeer weer glimlag.

Lena sien hoe haar hand ook uitgesteek word, asof dit nie deel is van haar willekeurige aksies nie.

Sy greep is ferm. "Ek wonder of u kan help. Ons moet elke dag 'n hele entjie reis tot hier . . ."

Lena begin haar asem terugkry. "Ek kan net dink," sê sy en knik heftig.

"Ek het toestemming om met die plaaslike inwoners te onderhandel. Ons soek persele vir berging. Ons het toerusting . . ."

"Natuurlik," sê Lena. Hy wil onderhandel. Dit is veilig.

Gunter se oë vernou effens oor die mooi vrou voor hom se reaksie, maar hy druk deur. "Ons kan u ruim vergoed as u 'n onbenutte motorhuis of pakkamer het . . ."

"Natuurlik," sê sy byna werktuiglik. Hy het blou oë. Blou soos die lug.

"Ek het gemerk daar is net een motor in die motorhuis . . ."

Die seuns het seker weer die deur oopgelos toe hulle hul fietse uitgehaal het. Dié besef bring Lena eindelik tot haar sinne.

"Ja, ja. Daar is net die een motor. Natuurlik kan julle die ander deel van die motorhuis gebruik."

"Dit is baie vriendelik van u," sê hy en sy glimlag stel 'n ry perfekte wit tande ten toon. "Ons sal u nie pla nie. U sal skaars weet ons was hier." Hy begin aanstryk, straat toe.

Lena roep, net voor hy die sypaadjie bereik: "Die goed wat julle wil berg – is dit darem veilig?"

"Absoluut!" roep hy terug en glimlag weer.

Lena stap die huis in, maak die deur toe en gaan sit die teewater aan.

"Kan jy nou meer," sê sy vir die ketel. "Die seuns gaan my nie glo nie." Sy haal 'n koppie uit en sit 'n teesakkie daarin. "Niemand gaan my glo nie."

Die ketel fluit en sy spring 'n halwe meter die lug in van pure skrik.

So tussen die wasgoed was en uithang deur gaan loer sy nou en dan deur die sitkamervenster om te sien hoe "hulle" die apparaat vervoer wat hulle wil kom berg, maar sy sien niks.

Net voor die seuns huis toe kom, stap sy motorhuis toe.

Sy sien hulle was al daar. Twee groot, spierwit houers staan in die middel van die oop kant van die dubbelmotorhuis. Dis van blink, wit plastiek, elkeen so groot soos haar wasmasjien.

Iemand, seker Gunter, het 'n handgeskrewe kennisgewing op een van die houers vasgeplak: *Moet asseblief nie aanraak nie.*

Sy dink koorsagtig aan wat sy vir die seuns gaan sê as hulle na die houers vra, want wanneer hulle hul fietse bêre, sal hulle die houers nie kán miskyk nie.

"Dit is goed wat ons vir tannie Ruth bêre," is haar noodleuentjie toe hulle haar onmiddellik met vrae peper toe hulle by die deur instap.

Nadat sy die middagete-skottelgoed gewas het, stap sy na Ruth toe om te gaan konkel. Ruth is nog in haar kamerjas, besig óm roosterbrood met vleissmeer in haar deurmekaar kombuis te nuttig.

Lena verduidelik, maar sê niks van die houers se herkoms nie. "As die kinders vra, is dit julle s'n."

"Sure. Maar wie s'n is dit regtig?" wil Ruth weet, haar nuuskierigheid oor dié potensiële intrige byna onblusbaar.

"Ek sal jou later sê," is al wat sy uit Lena kry.

Ruth klop net ná drie aan die voordeur, haar grimering duidelik haastig aangesit.

"I'll have to know what it looks like if it's supposed to be mine," verduidelik sy, maar Lena weet dit is die nuuskierigheid wat haar verveelde buurvrou aanvuur.

Hulle stap motorhuis toe en Lena kyk eers straatop en straataf. Sy wil nie hê Gunter moet sien as hulle loer nie. Sy onthou weer die blou oë en die lamheid stoot opnuut op in haar knieë.

"Lena?" Sy besef Ruth staar met bekommerde oë na haar. Hoe lank tuur sy al só straatop?

Lena ruk die deur oop. Ruth stap geesdriftig in, reguit na die wit houers toe. Sy loop een keer reg rondom en steek dan haar hand uit om daaraan te vat.

"Nee!" sê Lena, baie skerper as wat sy bedoel het. Ruth ruk haar hand terug. Lena probeer met 'n sagter stemtoon vergoed: "Ons mag nie daaraan vat nie."

"Sê wie?" Ruth druk haar vingerpunte vinnig teen die een houer se oppervlak en staan dan weg.

"Ek sal later verduidelik."

"What is this? Hoekom al die geheime so skielik?"

Lena ignoreer egter die vraag en stoot die deur toe toe Ruth uit die motorhuis kom.

Dié aand, toe die seuns al slaap, gaan staan sy op die agterstoep om vars lug te skep en tot verhaal te kom. Haar gedagtes is sedert Gunter se verskyning 'n warboel. Die vlinders in haar maag, haar handpalms wat effens sweet, haar hart wat kort-kort in haar keel klop – sy ken dié simptome. Dit het niks met eienaardige, wit oorpakke en helms te doen nie. Lena kyk onwillig op na die sterre. Ai tog, kon sy hom nie maar op 'n meer konvensionele manier ontmoet het nie! Soos by die kerkbasaar. Kon hy nie . . .

"Vergeet dit, Lena Neethling." Sy stap ergerlik in en maak die deur te hard toe. En dan glimlag sy vir haarself. Sy weet sy is verlief.

Die enigste beweging wat Lena die volgende drie dae deur die sitkamervenster sien, is dié van Ruth se gordyn wat kort-kort eenkant toe gedruk word om te kyk of sy die geheim van die wit houers kan ontrafel.

Van Gunter-hulle is daar geen teken nie. Lena sukkel om op haar tikwerk te konsentreer en Regardt vra op sy skaam, sagte manier een aand vir haar of alles reg is.

"Dis sommer 'n virus, my kind," maak sy dit as 'n neteligheid af en besef hoe na aan die waarheid dit is.

"Ma, oom Hennie van die klub sê ons kan 'n tender insit vir een van hulle ou kolwe. Die goed lyk nie meer wonderlik nie. Hy sê honderd rand behoort genoeg te wees."

Sy weet hoe graag hy 'n kolf van sy eie wil hê. Dan is hy nie meer afhanklik van die skool en die klub vir oefentye nie. "Ek sal vanaand my sommetjies maak, my kind. Dan gesels ons more."

Hy soen haar liggies op die wang. "Dankie, Ma." Haar hart sak in haar skoene. Sy weet sy kan soveel sommetjies maak as wat sy wil, daar is nie geld vir 'n krieketkolf én die hemp en das wat hy so nodig het nie.

Die Vrydagmiddag, vier dae ná Gunter se verskyning, ry Lena laatmiddag Kaapstad toe om haar tikwerk te gaan aflewer en te hoor watter hofverslae sy die volgende week moet tik.

Toe sy terugkom by die huis, is die wit houers weg. Die seuns is ook skoonveld, óf in die branders óf by die krieketnette.

Teleurstelling oorval haar en sy is dadelik vies oor dié reaksie. *Het jy gedink hy gaan jou op 'n wit perd kom haal?*

Ruth kom aangestoom op die sypaadjie. "I saw them, I saw them," sê sy uitasem. Lena se hart sak, maar Ruth is onkeerbaar. "Soos iets uit Star Wars, Lena. Jy moes die kar gesien het waarmee hulle die goed opgelaai het . . ."

Die seuns red haar, want sy wil nie nou met Ruth praat nie. Hulle kom al stryende op hul fietse aangery en sien ook dat die houers weg is, maar sê niks nie. Lena stap voordeur se kant toe met 'n: "Laat ek die kos op die stoof kry."

Ruth draai onwillig terug huis toe.

Lena tel die nuwe *Gazette* op die voorstoep op en sluit die deur oop. Daar lê 'n wit koevert op die vloer, duidelik onder die voordeur ingestoot. Sy tel dit op en sien dit is geadresseer aan *Mev. X, Inwoner van Witmosselstraat no. 9.* Die telefoon lui voor sy die koevert kan oopskeur.

Sy draf kombuis toe en beantwoord die oproep. Dit is Hennie van die krieketklub. Hy vra uit oor haar welstand en sy gee die gewone antwoorde, die koevert brandend in haar hand.

"Lena, wil jy nie net vir die seuns sê hulle kan hulle tweede honderd rand kom verdien nie?"

"Wat bedoel jy?"

"Kyk, hulle het mos verlede week die tender gekry om die krieketveld se onkruid uit te trek. En die klub is só tevrede dat ons hulle wil vra om dit met die sokkerveld ook te doen. Dan is dit sommer reg vir die winter."

"Natuurlik," sê Lena en daar gaan 'n lig vir haar op. Die rose en die kombuisskaal . . .

Sy groet en gaan sit by die kombuistafel, die koevert steeds in haar hand. Die seuns is in die gang af, kamer toe. Hulle het die hele krieketveld skoongemaak om haar verjaardag spesiaal te maak. Die knop in haar keel groei.

Dan skeur sy die koevert versigtig oop. Daar is vyftigrandnote in. En 'n briefie, op notaboekpapier geskryf. Sy skrik vir die baie geld en tel dit vinnig. Twintig note. 'n Duisend rand.

Geagte Mevrou, staan in die briefie. *Ek sou 'n tjek laat uitmaak het as ek u van geken het. Baie dankie dat ons u motorhuis kon gebruik. Hierby ingesluit die normale tarief wat ons hiervoor betaal.*

Dit is egter die naskrif wat haar hart op galop laat gaan, want onder die *Vriendelike groete, B. Gunter,* staan daar: *Ns. Ek het nie 'n ring aan u vinger gesien nie. Sou dit baie voorbarig wees om u vir ete te nooi* as *ek oor twee weke weer in dié geweste is?* As *u getroud is, vergewe asseblief my ontaktvolle optrede.*

Sy hoor die seuns in die gang aankom en druk die geld en die briefie vinnig in haar handsak. As sy hier bly sit, sal die seuns sien dat alles nie pluis is nie. Sy staan op en haal haar voorskoot van die hakie teen die agterdeur af.

Karel stap reguit na die yskas toe, op soek na iets om sy dors mee te les. Regardt steek by die *Gazette* vas. Lena vroetel met die potte en panne en gaan staan dan by die stoof.

Regardt wys met sy vinger na 'n berig in die koerant. "Ek sien die elektrisiteitsouens doen dié week toetse oor bestraling hier. Die Melkbossers moet glo nie skrik vir hul snaakse klere en karre nie."

Lena luister net met 'n halwe oor, want buite, deur die kombuisvenster, sien sy 'n helder ligspikkeltjie wat teen die rosige westerkim verbybeweeg en dan verdwyn. Of is dit net die vervlakste vog in haar oë?

Die wildbewaarder

Dit is my pa se skuld.

Hier staan ek in my Adamsgewaad, voor die deur van 'n hartbeeshuisie in die middel van die Bosveld, met net 'n bewende witstinkhouttakkie wat my trots beskerm.

En Pa? Hy is meer as vierhonderd kilometer hiervandaan, maar ek hoor sy stem nog duidelik. "Gerrit, my seun, jy is 'n dromer. 'n Jaar, twee jaar gelede sou dit dalk nie saak gemaak het nie. Maar nou, my seun, kan jy dit nie meer bekostig om te droom nie."

Net omdat ek 'n ou vakkie . . . omdat ek twee ou vakkies op universiteit net-net nie deurgekom het nie.

Die probleem is dat die digtersbloed van oupa Joubert in my are pols, terwyl Pa met die rekenmeestersbloed van oupa Schutte moet stoei. Daarom kan Pa nie verstaan dat 'n soeke na die muse belangriker is as twee sleepvakkies op varsity nie. En wat is die muse anders as die liefde? Is dit nie die liefde wat digter en skilder, skrywer en komponis se bloed met skeppingsdrang laat borrel nie?

Ek wil dit net een keer ervaar . . . Maar dit help nie. Ek kan nie vir Pa sê my soeke na die liefde, na die muse het my van die klas en die boeke weggehou nie. Dit is nie 'n rekenmeestersargument nie.

"Droom is 'n goeie ding, my seun. Maar jy moet eers die werklikheid aanvaar. Droom kan nie 'n ontvlugting daarvan wees nie. Net 'n verlenging."

Ek weet nie eens wat hy bedoel nie.

En toe kom Pa met sy troefkaart. "Gerrit, my seun," het hy gesê, "jy gaan die vakansie met die werklikhede van die lewe kennis maak. Ek stuur jou Bosveld toe. Hulle soek hulp op 'n wildplaas. Daar sal nie tyd vir droom wees nie. Dit sal jou regruk."

Ek het die treinkaartjie se geld vir 'n bundel van Byron gebruik, en geryloop, terwyl my tas per spoor reis.

Die omie met die bakkie was seker 'n bietjie doof, want ek wou Witrivier toe, maar hy het van die nasionale pad afgedraai en my uiteindelik hier onder by die stofpadkruising afgelaai, tussen niks en nêrens.

Dit is warm. November-Bosveldwarm. En die spruit se blink water aantreklik. Toe ek uit die koel swemgat klim, sien ek hoe 'n troppie bobbejane met my klere oor die bultjie verdwyn.

En nou staan ek poedelnakend op die voorstoep van 'n hartbeeshuisie.

Ek klop aan en wag. Ek klop weer, hamer dan een laaste keer en draai die deurknop versigtig met die linkerhand. My regterhand klem steeds die takkie vas wat moet toehou wat toegehou moet word – net vir ingeval.

Die deur kraak en swaai oop. Die plek is verlate. Dit moet 'n soort halfweghuis vir veldwagters wees. Dit is een groot vertrek, tafel en stoele in die een helfte, stofie en kombuiskaste in die ander.

Ek soek klere en ek kry dit agter die deur. 'n Kakie-en-groen broek en hemp met die skouerlapelle wat sê *Departement Natuurbewaring*. Die broek is effens te lank, maar dit sal doen. Die paar bruin stewels wat ek langs die stofie raak loop, is egter 'n bietjie knap.

Ek trek weer die deur mooi agter my toe en stap terug pad toe. Die stewels knaag aan my hakke. "Pa is vergewe. Tot ek by die wildplaas kom. Konsentrasiekamp in die

Bosveld," prewel ek, besig om 'n fantasie met die titel Die Verwerpte Seun af te stof.

Sy ry eers verby. 'n Skimp van skoonheid in 'n rooi motortjie wat met 'n agtergelate stofwolk my oë laat traan.

Maar dan sien ek remligte deur die stof en hoor hoe sy in trurat na my toe versnel. Ek draf om na haar venster toe.

Ek verloor my hart en my klere op een dag. Eensklaps, skielik het ek my muse gevind. Die poësie dans in my kop, verse en strofes en alliterasie bruis deur my.

Haar hare is donker soos die nag, prins Waldemar-styl, haar oë is blou. Picasso-blou. En ek sal odes oor haar vel kan skryf. Dit lyk soos satyn, ivoor, perskes en room. Haar neus is deur 'n vakman, nee, 'n ou meester geskep – 'n hoogtepunt in beeldende kuns. Haar nek is soos dié . . .

"Haai. Waarheen, Gehasi?"

"E . . . e . . ."

"Ek kan darem nie 'n wildbewaarder langs die pad laat staan nie."

Ek onthou die uniform en kreun innerlik. Hoe vertel jy aan jou toekomstige lewensmaat van pa's sonder sin vir die poësie en bobbejane sonder sin vir die sindelike – en behou jou waardigheid? Dus . . .

"My e . . . my jeep . . . e . . . se vere is morsaf." Toe neem die muse oor. "Ek was besig om 'n renoster te jaag. Ek moes sy bloed trek vir 'n eksperiment . . ." Ek klim aan die ander kant in en ons begin gesels.

Haar naam is Carin. Met 'n "C" en 'n "i". Ek teken dit in my geheue aan sodat ek dit in die gedigte reg kan spel. Sy studeer B.Sc. in Johannesburg en is op pad huis toe. Haar huis is nie ver van die konsentrasiekamp af nie.

Ons gesels lekker, tot haar rooi motortjie se enjin aaklig begin roggel en hoesend en proesend tot stilstand kom – 'n honderd kilometer van ons bestemming af, in die middel van die Bosveld.

Sy het 'n paar stukkies gereedskap. Ek neem 'n skroewedraaier en loer gemaak kundig by die enjin in. Maar dit is om haar te beïndruk, want ek het net beperkte boekkennis van wat daar aangaan.

Sy kyk effens benoud na die onherbergsaamheid om ons. "Dit is leeuwêreld dié," sê sy. Dan glimlag sy skielik verlig. "Hoekom sal ek my bekommer? Ek is mos saam met 'n wildbewaarder."

Ek grynslag dapper, maar my bolip sit aan my tande vas.

Dan duik ek weer onder die enjinkap weg. Wat kan nou manliker wees as twee arms wat met ghries besmeer is?

Carin gaan sit op 'n klip en tuur in die verlate stofpad af. Ek steel 'n paar kyke. Die laatmiddagson blink op haar hare. Haar wange gloei van frustrasie oor die teëspoed. Die jeugdige rondinge van haar borsies dein ritmies op en af met elke ergerlike asemteug. Haar denimromp het effens opgeskuif. Die vel span soepel en gesond oor haar slanke bene.

Ek is betower. My oë dors na meer van haar, my handpalms sweet, my hart se pas versnel. Ek wens daar wil 'n hele trop leeus kom, sodat ek haar kan red. Of beter nog, 'n klomp gewetenlose wilddiewe wat op die leeus se spoor is. En nadat ek haar uit die kake van 'n manjifieke maanhaar bevry het, moet ek met 'n horde rampokkers ook afreken.

Dan leef ons lank en gelukkig saam . . .

Ek druk per ongeluk die skroewedraaier tussen die battery se pole in en 'n stortvloed vonke ruk my uit my dagdroom.

Sy kyk hoopvol op. "Word jy iets wys?" Haar stem het 'n ander kwaliteit, hier in die oopte, 'n musikaliteit . . .

"E . . . Ek dink dit is die hidroliese koeëllaers," sê ek en hoop dit klink geloofwaardig.

"Kan jy dit regmaak?" Daar is hoop in haar oë en my hart wil breek.

"Nie met dié gereedskap nie."

Sy sug en staan van die rots af op. "Hier sal seker die een of ander tyd iemand verbykom. Tot dan toe kan ons minstens die beste van 'n slegte saak maak." Sy stap na die motor se bagasiebak en haal 'n slaapsak uit. "Dit gaan só 'n mooi sonsondergang wees. Ek wil dit nie mis nie."

Ek klap die enjinkap toe. Daar is teleurstellend min ghries en olie aan my hande. Twee kolletjies.

Carin kyk op. "Jy het olie op jou neus," lag sy. Maar voor ek vir myself kan vies wees oor dié waardigheidlose kosmetiek, haal sy 'n sneesdoekie uit daardie geheime plekkie waar vroumense dit bêre. "Kom sit hier, dan maak ek jou skoon." Ek probeer om nie te hardloop nie. Ek gaan sit.

Sy staan op haar knieë voor my en plaas haar een hand agter my nek om my kop stil te hou terwyl die sneesdoekie die opruimingswerk verrig. Haar aanraking is soos 'n virus wat deur my liggaam versprei. Koors spoel deur my, eb en vloed, haar oë hier reg voor myne, diep blou poele waarin ek die kleinste vlokkies spoelgoud ontdek.

"Daar's hy," sê sy, en dit is alles verby. Ek is lus en gaan druk weer my neus in die enjin.

Sy draai weg, na waar die son agter doringbome die gesigseinder in pastelkleure verf. 'n Piet-my-vrou roep verwese iewers; rooivinke kwetter in die lug, op pad nes toe. Sonbesies raak stom voor die skoonheid van die vroegaand. Maar die natuur kan nie kers vashou by Carin nie. Sy staar na die weste, ek staar na haar.

Dink net, as ek die hele nag lank na haar kan kyk. 'n Idee skiet my te binne. Wat van 'n vuur? 'n Regte, romantiese kampvuur, met die gloed van die vlamme wat soos skimme oor die skoonheid van haar gesig speel.

Ek staan op, asof ek nie tyd het vir luukshede soos sit

en kyk na 'n sonsondergang nie. "Ons sal moet hout kry, 'n vuur maak," sê ek. "Die nag kan koud word. En dit sal die ongediertes weghou."

"Julle mans . . ." Sy skud haar kop in verwondering. "Altyd besig om prakties te dink terwyl daar soveel skoonheid om julle is."

As sy maar weet . . .! Maar ek soek hout.

Nie een van ons het vuurhoutjies nie en die vuur se aansteek word my grootste oomblik tot dusver. Al is die oorsprong daarvan my onlangse groot skrik by die motorbattery. Sy hoef dit egter nie te weet nie. Toe die petroldeurweekte sneesdoekie deur die batteryvonk aangesteek word, snak Carin na haar asem en ek voel hoe haar oë met bewondering op my brand.

Ek gaan egter net aan met die dinge van 'n man, soos om die vuur deeglik te stook.

Ons skuif eindelik reg op die uitgespreide slaapsak – ek darem 'n betaamlike halwe meter links van haar. Die vlamlig op haar gesig is nog mooier as wat ek vermoed het. Alles werk so goed uit.

"Vertel my meer van jouself," sê sy, stroopsoet en onskuldig.

My gewete praat met my: *Lieg nog 'n bietjie. Spin die web van oneerlikheid nog 'n bietjie stywer. Alles werk so goed uit, né.*

"E . . . ek is nie eintlik 'n prater nie. Daar is . . . e . . . so baie wat ek nog van jou wil weet."

Dit was die verkeerde ding om te sê. Ek kan dit onmiddellik sien. Daar kom 'n sluier van teleurstelling, van hartseer oor haar gesig. Ek wil my tong afbyt. Maar wie kan nou 'n vrou se reaksie voorspel?

Sy tuur na die vlamme asof sy besig is om haar gedagtes te orden. Dan vat sy my van 'n kant af. "Hoekom is julle mans só?"

Ek wil nog vra: "Hoe?", maar sy gee my nie 'n kans nie.

"Hoekom moet julle almal die stil, sterk tipe wees? Hoekom kan julle oor rugby en krieket ure lank met mekaar gesels, maar met 'n vrou oor jouself, oor jou gevoelens en drome en versugtinge kan jy geen sprak sprook nie?"

Liewe hemel, as sy maar weet!

Maar sy is nog net besig om stoom op te bou. Sy draai van die vuur af weg en rig haar oë soos geweerlope op my. 'n Klein fronsie het tussen haar swart wenkbroue ingekruip en sy lyk meer verruklik as ooit.

"Ek verstaan dit nie." Sy maak 'n hulpelose gebaar met haar hand en ek wil haar vasdruk. "Die wêreld se grootste digters, se beste skilders, se wonderlikste skrywers was almal mans. En waar is hulle nou? Op Loftus Versveld en Nuweland. Bier in die hand . . ." Iets gebeur met haar stem. Dit kry so 'n kinkel van emosie.

Ek is sprakeloos. Ek staan in die beskuldigdebank met my gesteelde klere en gefabriseerde beroep en aangeplakte macho-manlikheid. Omstandigheidsgetuienis! En daar is niks wat ek kan doen nie.

"Ag, dit is seker nie regverdig dat ek met jou daaroor baklei nie." Nou is haar stem sag. Sy staar na die vlamme. "Dit is net . . . Ek was só lief vir iemand. Maar hy was . . . hy was voortdurend besig om 'n man te wees. Geen emosie nie. Nooit. Net stil en sterk. Te stil en sterk om ooit te sê: 'Ek is lief vir jou'. Te bang sy maats sal vir hom lag as hy by die koshuis opdaag met 'n bossie blomme in sy hand . . ."

Dit is my pa se skuld. Want ek is wat sy wil hê, maar weens omstandighede het ek myself in 'n hoek ingelieg. As Pa nie die simpel vakansiewerk vir my gekry het nie . . . Miskien is ek net gebore om ongelukkig te wees. Ek draai my kop weg van haar rosige skoonheid by die vuur en staar na die donker wat ons omhul. Die selfbejammering spoel oor my. Hoe het Pa dit gestel? "Droom is 'n goeie ding, my seun. Maar jy moet eers die werklikheid aanvaar.

Droom kan nie 'n ontvlugting daarvan wees nie. Net 'n verlenging." Dit maak nie eens sin nie.

Carin begin weer praat. "Ek wou vir hom een aand gedigte van Byron lees, in die koshuis se sitkamer. Toe word hy kwaad en vra wat die ander van hom sal dink as hy sissiegedigte saam met sy meisie lees. Dit was die begin van die einde . . ."

Twee trane blink soos edelgesteentes op haar wange. "Eendag sal ek iemand kry wat nie bang is vir sy eie emosie nie. Eendag."

"Hier is ek!" wil ek skree. "Hier, agter die omstandighede wat my pa geskep het." Maar ek staar maar net weer hulpeloos en gefrustreerd die donkerte in en ontwikkel die fantasie van die leeus en die wilddiewe verder.

"Ek is jammer," sê sy en kyk na my. "Dit is seker die vuur en die omstandighede. En jy luister. Mense luister nie meer nie . . ."

Ek moet haar hê. Ek mag haar nie verloor nie.

"Ek is nie regtig 'n wildbewaarder nie."

Sy kyk verras op, wil iets vra, maar ek praat haar stil. Ek vertel haar van Pa. Bloot feitelik, sodat sy self kan kant kies.

"Pa het gesê droom kan nie ontvlugting van die werklikheid wees nie. Net 'n verlenging daarvan." Skielik verstaan ek amper wat hy bedoel het, maar ek gaan aan met my storie.

Carin is eers stil, half geskok oor die bekentenis wat uitborrel. Maar ek gee nie om nie. Ek het lank genoeg probeer om anders te wees as wat ek is.

Toe ek by die dowe oom en die bakkie kom, glimlag sy. En ek moet erken, digters kan 'n storie goed vertel. Toe ek van die bobbejane en die klere vertel, lag sy lekker en toe ek met groot smaak vertel van die witstinkhouttakkie en die hartbeeshuisie, skater sy dit uit.

"Ek is dus nie 'n wildbewaarder nie." Ek voel verlig. Die waarheid is uit.

Sy lag nog steeds. "Ek is bly. Ek hoop net hier is nie leeus nie."

Op daardie oomblik brul die ou maanhaar hier vlak by ons.

Carin gil.

Ek sien 'n paar roofdier-oë wat blink in die vuurlig. "Bly kalm," sê ek saggies en hoop sy hoor nie hoe bang ek is nie. Ek gryp 'n stomp uit die vuur, net toe die leeu nader stap en ons sy reusesilhoeët teen die donkerte kan uitmaak.

"Gerrit!" roep sy benoud.

"Loop stadig motor toe, klim in en hou vir my die deur oop," sê ek. Dit is dieselfde stemtoon as wat ek netnou in my amper soortgelyke fantasie gebruik het.

Sy voer my opdragte stiptelik uit.

Die leeu volg haar bewegings. Toe sy die deur oopmaak, vererg die maanhaar hom vir die geluid en draf nader.

Carin gil, ek skrik vir die leeu en vir haar, gooi die brandende stomp in die rigting van die roofdier, spring om en lê die afstand motor toe in 'n aanvaarbare tyd af. Sy het onthou om die deur oop te hou.

Eienaardig dat ek op daardie oomblik, toe ek die motordeur agter my toepluk, weet wat Pa bedoel het – dat jou droomwêreld net 'n verlenging van die werklikheid moet wees.

Ek wil nog 'n bietjie daaroor dink, maar ek hoor Carin giggel. Dan besef ek sy lê onder my. Ek vlieg op en stamp my kop met 'n dowwe slag teen die dak. Ek bring my hande boontoe om die seer te vryf, maar my elmboog tref die stuurwiel en die skokpyn skiet in my arm op. Ek val vooroor en my ken tref die toeter. Carin, ek en die leeu skrik vir die skielike oorverdowende lawaai.

Ek sien net hoe die leeu uit die ligkring van die vuur verdwyn.

Carin lag hier onder iewers. 'n Uitbundige, sorglose lag. Asof sy die skimme van die vuur afgeskud het.

Ek voel weer haar hand agter my kop. Sy trek my af, soen my vinnig op die wang en vra: "Wie het nou regte wildbewaarders nodig?"

Terwyl ons laggend ontknoop en probeer regop sit, kan ek nie help om aan een ding te dink nie: Dit is Pa se skuld.

Dankie, Pa.

Die Daniëlla-dossier

Private speurders het dinktyd nodig.

Ek sit dié Maandagmiddag met my voete op die lessenaar, my hoed laag oor my oë getrek, 'n Turkse sigaret tussen die vingers. Ek dink hoe ek die kantoorhuur oormore gaan betaal, en hoe ek die nuwe rooikopsekretaresse van die invoermaatskappy onder in die gang kan uitneem sonder dat dit my meer sal kos as die laaste tien rand wat soos 'n eensame vrygesel in my baie plat beursie lê en wag, toe daar 'n klop aan die deur is en ek: "Binne!" blaf en sy die deur oopmaak en daar staan en met 'n fyn stem vra: "Meneer Van Heerden?"

Ek swaai my voete van die blad af en stoot die hoed terug, trek my volle een-komma-nege-drie meter regop, maak my skouers breed, sit die vertrou-my-ek-is-in-volle-beheer-glimlag op, steek my regterhand met die gebreekte kneukel bokant die tweede vinger uit, lig die rand van die hoed effens en sê: "Zatopek van Heerden."

Sy glimlag verlig soos hulle almal maar doen, haar hand soos 'n klein voëltjie in myne, en sê: "O."

"Neef van Moaner," sê ek.

"O," sê sy met 'n frons.

"Die rugbyspeler."

"O." Steeds nie agter die volle kap van die byl nie.

"Oorbarsdrie in die eerste toets teen die Leeus, in 'tagtig," sê ek en ek weet sy gaan weer "O" sê, maar ek spring haar voor: "Moaner. Nie ek nie. Sit, asseblief."

Sy is klein en delikaat en te goed aangetrek vir dié deel van die stad – en omtrent dertig jaar te laat. Ek skat haar so vier en sestig en daarom voeg ek "Tannie" as 'n erkentlikheid teenoor my opvoeding by. Sy gaan sit en sê: "Jacomina de Villiers," en kyk bekommerd op na my. Ek stap terug na my stoel toe en gaan sit. Sy haal iets uit haar klein handsak wat sy na my toe uithou.

Dit is 'n kleurfoto. Ek hou meer van brunette, maar dié blondine slaan nege op die ZvH-skaal: 'n neusie soos die snoet van 'n Smith-en-Wesson-kortloop, wangbene wat jy teen die kantoormuur wil laat raam, 'n mond wat jy wil soen tot dit weer só glimlag, en ek weet wat die tannie wil hê.

"Ek moet haar vir die tannie soek," sê ek met sekerheid.

"O, nee, my hartjie," sê sy.

Ek kan nie onthou wanneer laas iemand my "hartjie" genoem het nie, maar dit is 'n dinkonderwerp vir 'n ander keer. "O," sê ek en wonder of dit aansteeklik is.

"Jy moet vir Daniëlla 'n man soek."

"O." Dit ís aansteeklik.

"Daniëlla de Villiers. Sy is my oorlede suster se dogter. Die kind werk te hard en sy word aanstaande jaar dertig. Sy sê tussen al die advokaatwerk deur is daar nie tyd vir mans nie en buitendien sal sy nie die soort man kry waarna sy soek nie. Maar Daniëlla verdien 'n goeie man, want sy is 'n dierbare kind," sê die tannie en sy frons bekommerd.

"Die tannie soek 'n vriendskapsklub, nie 'n Pee-Es nie."

"Pee-Es?" vra sy, steeds met die frons.

"Private speurder."

"O," sê sy, dié keer met begrip.

Ek haal my visitekaartjie uit, die een met die Sherlock Holmes-pyp en my naam en besonderhede daarop, en ek gee dit vir die tannie aan. "Sien die tannie? Pee-Es. Ek is die een wat hulle kry as daar . . . oorredingswerk gedoen moet word wanneer mooipraat nie meer help nie. Ek is die een wat hulle kry as daar nie meer hoop is nie." Ek wys na die foto: "Dié mademoiselle het nog baie hoop."

"Vriendskapklubs is nie vir 'n De Villiers nie," sê die tannie, en ek sien agter die fyn front is daar 'n vrou van staal.

"Dan het die tannie 'n probleem, want Sonskynhoekie speel is nie vir Zatopek van Heerden nie. Ek het my beginsels." Ek vou my arms en stoot my kakebeen vorentoe, lyftaal wat altyd werk wanneer ek my punt wil maak en dit nog nie nodig is om 'n kneukel op die spel te plaas nie.

Die tannie druk haar hand weer in die handsakkie en haal haar beursie uit. Sy maak dit oop en haal note uit. Sy pak hulle in 'n netjiese hopie op die lessenaar. Twintig van die soort met die leeu op.

Ek trek my kennebak terug en laat my arms langs my sye sak. "Wanneer wil die tannie hê moet ek begin?"

Navorsing, sê ek altyd vir die jong Pee-Essies by die seminare, is die ruggraat van speurwerk. En voetwerk.

Ek stap in die gang af na die rooikop se kantoor, vra haar vir aandete en neem haar na die nuwe Japannese restaurant in Adderleystraat. Toe vra ek haar, nadat sy haar ryswyn ontvang het, waar sy sal begin soek na 'n "gekultiveerde man met smaak en styl, maar darem nog 'n man in die ouwêreldse sin", net soos die tannie dit aan my gestel het nádat sy die pakkie note oor die lessenaar geskuif het.

Die rooikop frons en ek sien by nadere ondersoek dat sy nie so mooi is as wat ek gedink het nie, maar navorsing is navorsing en ek byt vas. Sy teug diep en desperaat aan haar ryswyn en sê: "Hulle bestaan nie."

Ek lig my linkerwenkbrou soos Jack Nicholson dit gewoonlik doen, en sy verduidelik: "Daar is basies net twee soorte mans. Dié wat elke aand en elke naweek voor die televisie lê met 'n bier op die boepens – en dié wat nooit by die huis is nie omdat hulle 'n loopbaan het. Die TV-brigade kan jy vertrou omdat hulle te lui is vir kattemaai; die werkoliste moet jy nie eens probeer vertrou nie, want jy sal nooit vrou-alleen genoeg opwinding kan verskaf nie. Maar nie een van die twee het smaak of styl nie, om nie eens te praat van gekultiveerdheid nie. Dit sal jy hoofsaaklik by vroue aantref."

Dan sug sy diep asof die lang toespraak vir haar uitputtend was.

"Is daar iets in mans waarvan jy hou, Mademoiselle?" vra ek.

"Natuurlik," sê sy. "Hul voorspelbaarheid, die reuk van hul naskeermiddel en hul geld. Wees 'n skat en kry vir my nog ryswyn."

Ek wink die kelner nader.

Die tannie met die staal in haar oë en die vyftigrandnote in haar beursie wil teen Vrydag 'n verslag hê. Ek weet die rooikop se filosofie gaan nie op papier water hou nie, daarom maak ek Dinsdag 'n afspraak by doktor Amelia Göring-Mueller, die verhoudingsterapeut wat nog laas ons Mejuffrou Suid-Afrika se vierde huwelik gered het.

"Lê gerus." Sy kyk streng na my oor haar knypbril. Dit is nader aan 'n bevel as 'n versoek en sy wys na die groot leerrusbank.

"Ek doen navorsing, Dok. Ek is nie 'n pasiënt nie."

"Dit is wat julle almal sê. Lê."

Ek lê.

"Vertel my van jou ouers."

Ek sit regop. "Dok, asseblief. Ek's 'n Pee-Es met 'n dossier . . ."

"Jy het groter probleme as wat ek gedink het . . ."

"Nee, Dok, wag . . ." Ek verduidelik toe mooi en stadig.

"Jy ken die Jungiaanse model?" vra sy eindelik.

"Ek volg nie eintlik die modewêreld nie," reageer ek ewe spitsvondig, maar Dok is ernstig.

"In leketaal kom dit daarop neer dat jy in jou psige beide man en vrou is. Soos 'n glyskaal, met byvoorbeeld een as manlike uiterste en tien as vroulike uiterste. Die soort man wat jy vir jou kliënt moet vind, sal iewers in die middel lê hier by vier, vyf of ses."

"Reg," sê ek hoopvol.

"Hulle is baie skaars."

"O."

"En tien teen een reeds getroud."

"H'm," sê ek, net ter wille van afwisseling.

"En selfs al is jy vindingryk genoeg om een vir jou kliënt op te spoor, bewys die statistiek dat 'n kunsmatig geskepte verhouding feitlik nooit slaag nie."

"'n-Hm." Ek bly kreatief met die tussenwerpsels.

"Jou kliënt se oplossing lê in 'n meer gebalanseerde lewenstyl, waarin ruim voorsiening gemaak word vir ontspanning en gesonde sosialisering."

"Ek sal dit in my verslag skryf, Dok," sê ek en staan op.

"Net so vir die interessantheid, meneer Van Heerden, waar dink jy lê jy op die Jungiaanse skaal?"

Ek vryf oor die litteken hier langs my linkeroog en sê met 'n glimlag: "Noem my sommer nommer een."

Die tannie met die klein handsakkie het 'n bonus belowe as ek die dossier met sukses kan afsluit. Teen Woensdag weet ek dit gaan 'n doodsveragtende heldedaad verg net om 'n sinvolle verslag aanmekaar te sit. Waar 'n ander Pee-Es dalk sou terugdeins, is die reuk van gevaar vir my onweerstaanbaar. Daarom hang ek die Colt-nege-mil onder die skouer, knoop die baadjie diskreet daaroor vas en sit af na *Dagblad* se kantore.

Tarien Theron gooi my met 'n papiergewig toe ek by haar kantoor instap. Ek koes nie eens nie. Die enigste manier om 'n gekweste leeuwyfie te benader, is reg van voor, vreesloos. Sy kon in elk geval nog nooit goed mik nie.

"Uit my kantoor uit, Zet," sê sy liefies.

"Lekker om jou ook te sien, T.T."

"Jy is die laagste vorm van lewe," sê sy en soek nog iets om my mee te gooi.

"Wat het geword van vergewe en vergeet?"

"Jy skuld my veertig rand."

"Ek het dit saamgebring."

"Ek wil nie jou geld hê nie." Sy kry 'n motgevrete uitveër en slinger dit teen my voorkop.

"Ek het 'n guns nodig, T.T.," sê ek kalm en beredeneerd.

"Jy het jou geweer aan," sê sy toe sy eindelik die bonkige bult onder my baadjie raaksien.

"Pistool," sê ek.

"Jy speel vuil."

"Jy kan aan hom vat."

"Jy is manipulerend, Zet." Sy klink steeds kwaai, maar sy soek minstens nie nog 'n missiel nie.

"Jy kan hom selfs herlaai."

"Soveel keer as wat ek wil?" Daar is nou 'n ander lig in haar oë.

"Vir solank as wat ek hier is."

"Wat wil jy hê, jou monster?"

"'n Lys, T.T."

"Dit is 'n indrukwekkende lys, meneer Van Heerden," sê die tannie.

"Die tannie kan my 'Zet' of 'Zato' of 'Zep' of 'skat'

noem. Almal doen dit." Ons sit in haar woonstel in Seepunt. Smaak met 'n hoofletter. Uitsig oor die see.

"Ook die perspektiewe van doktor Amelia Göring-Mueller is besonder insiggewend, meneer Van Heerden. Oor die algemeen 'n uitstekende verslag. Goeie waarde vir geld. Maar een ding ontbreek."

Ek lig net my wenkbroue en voel die sweet van "O"-onttrekking.

"Jou persoonlike, professionele mening. Dink jy een van die mans op dié lys is waarna ons soek? Dink jy dit kan werk?"

Ek haal 'n Turkse sigaret uit, want ek sukkel om daarsonder te dink. Die tannie swaai egter 'n afkeurende vinger in die lug en ek bêre dit weer.

"Die tannie vra vir die verkeerde man op die verkeerde tydstip. Tien, twintig jaar gelede het ek geglo aan liefde met die eerste oogopslag, in die vir-mekaar-bedoel-sindroom. Want almal help om die skyn te skep – die flieks, die televisie, die boeke, om nie eens te praat van kortverhale in vrouetydskrifte nie. Maar Pee-Es wees maak van 'n romantikus 'n realis. 'n Sinikus. Sommige mense is net gebou vir alleen wees. Soos Z. van Heerden, neef van Moaner. En miskien Daniëlla de Villiers, wie weet? Maar persoonlike menings is gemaak om ander se spoed te breek, en ek hou te veel van die tannie om haar spoed te breek."

"O?" sê sy. 'n Vraag.

"Enige vrou wat dié Pee-Es kan kortvat, het staal in haar are."

Die tannie kyk vir die see en glimlag so effens, soos die Sfinks. "Wat doen ons nou?"

"Daar is net een ding om te doen," sê ek met sekerheid, en die tannie lig haar wenkbroue. Sy leer vinnig. "Die tannie moet 'n sit-om-die-tafel-ete hou. Met die vier manne op die lys, Daniëlla, die tannie self, miskien nog 'n mademoiselle of twee."

"O?" Miskien leer sy nie só vinnig nie.

"Iewers het iemand gesê musiek is die kos van liefde. Louis L'Amour? Hadley Chase? Maar Zatopek van Heerden sê kos is die kos van liefde. Buitendien: by 'n etenstafel kan 'n man nie wegkruip nie."

"Shakespeare," sê die tannie en dit is asof sy in haar handjie stik. "'n Interessante filosofie." Dan kyk sy weer uit oor die see. "Dit kan dalk net werk." Sy kyk na my. "Maar jy sal uiteraard ook daar moet wees."

"Hoe bedoel die tannie nou?"

"Ek het 'n vermoede jy het verskuilde talente, meneer Van Heerden. En intuïsie. Ons kan dit dalk nodig kry."

"Die tannie moet maar laat weet." Ek staan op en stap deur toe.

"O, en Zatopek," sê die tannie en sy glimlag so 'n bietjie meer.

Ek steek vas.

"Die Pee-Es kan my 'J.' of 'Mina' of 'Jacomina' of 'skat' noem. Niemand doen dit meer nie."

Tarien Theron se lys is saamgestel as 'n treffersparade van *Dagblad* se sosiale blaaie die afgelope drie jaar. Vier name, vier beroepe: die wynboer, die dokter, die fisikus en die politikus. Almal vlak in die dertigs, loslopers, geleerd, reguit neuse, skoon naels, heel kneukels. Nie heeltemal die soort ouens in Z. van Heerden se lewe nie.

Aan die kop van die tafel sit Jacomina de Villiers en sy hou die gesprek meesterlik aan die gang met 'n vragie hier en 'n stelling daar. Die manne op die lys is versprei om die tafel, tussen drie mademoiselles van alle kleure en geure, maar een stoel is nog oop.

"Daniëlla het gesê sy gaan dalk laat wees," sê die tannie met 'n frons, en ek weet sy wil op haar horlosie kyk.

Dit is net kerse en messegoed waar jy kyk, en iewers speel musiek – van daardie soort waar die ou die klavier van bo tot onder bevoel.

En dan kom sy in.

Ek sweer ek hoor klokke lui. Die foto het toe nie die hele storie vertel nie. Sy is wragtig mooi, haar stem mooier musiek as Chuck Berry se kitaar. Ek vergeet amper om na die lys se manne te kyk. Daar is nie 'n kakebeen wat in verwondering hang nie. Sulke selfbeheersing.

Dit is net ná die voorgereg dat die tannie die gaping soos 'n Danie Gerber van ouds sien, want hulle praat oor musiek en Daniëlla sê sy hou tog so van opera. "Ek ook," sê die fisikus.

"O?" sêvra die tannie soos ek geweet het sy sal. "En wat is jou gunsteling?"

"Die huwelik van Figaro," sê die fisikus. "Van Rossini."

Die tannie skiet hom soos 'n skerpskutter af. "Jy bedoel seker Mozart."

Een naam op die lys kry 'n rooi streep deur.

Die wynboer is die volgende om in 'n slagyster te trap. "Die kos is heerlik, mevrou De Villiers," sê hy en moes net daar stilgebly het. Maar . . . "Vroue wat so kan kook, is deesdae skaars."

"En mans?" vra die tannie met die warmte van 'n yskas wat op maksimum koue gestel is.

"Seker ook maar skaars," sê die wynboer verleë, maar die skade is gedoen. Twee oor.

Toe die hoofgereg bedien word, is daar 'n moeilike oomblik toe die politikus na my toe draai en sê: "Jy is so stil, meneer Van Heerden. Jy het ons nog nie vertel in watter beroepsrigting jy is nie."

"Zato is 'n sakeman, en ek en hy het die afgelope tyd

heelwat oor 'n vennootskap onderhandel," sê die tannie en vat hom sommer aan: "Hoe voel u oor u party se vryemarkstelsel-beleid?"

"Ek . . . e . . . ek . . . e," stamel die politikus en hy weet hy is besig om 'n toets te dop, maar die ekonomie is blykbaar nie sy sterk punt nie.

Daniëlla kry hom jammer in sy benoudheid en verander die onderwerp, en daar sit die dokter, laaste op die lys, en alles dui daarop dat hy die wenner van dié stryd gaan wees.

Die ding gebeur teen die tyd dat koffie, kaas en beskuitjies bedien word, toe hulle praat oor hoe lekker die ete was, oor gunstelingetes, en oor hoe kos al komponiste en rolprentmakers, skrywers en skilders geïnspireer het.

"En digters," sê die dokter.

"Is u lief vir die digkuns?" vra die tannie onskuldig.

"O, ja," sê die dokter met sy welluidende stem. "Veral ons eie literêre skat." Maar hy laat dit ook nie daar nie. Hy ontferm hom oor stil Zato van Heerden aan die punt van die tafel. "Meneer Van Heerden, jy het nog nie gesê wat jou gunstelinggereg is nie."

"Braaivleis," sê ek met gevoel.

Hy trek sy reguit neus vir my op. "Tog so jammer niemand het nog daaroor gedig nie," sê hy.

Daar is 'n stilte, en ek sien die tannie se staal wys in haar oë toe sy vir die dokter kyk.

"'Gesis van vet oor kole'," sê Daniëlla de Villiers.

"'Sprei asse teen ons rooi gesigte'," gee ek die volgende versreël en kyk vir die dokter, wie se gelaat ongetwyfeld aan die verkleur is. En dan kyk ek vir Daniëlla. Sy kyk vir my, verbaas met daardie mond wat so mooi glimlag.

"'Die klein brandstapels walm'," haal sy aan.

"'Hul rokies' ," help ek weer.

"'Oor die vleis en vlees'," sê sy, maar ek weet sy sal nie

aangaan met die volgende strofe nie, want ons ken mekaar nog te sleg.

"Ernst van Heerden," sê Daniëlla de Villiers, en sy kyk steeds vir my.

Ek hoor weer klokke lui, en hulle sou aanhou lui het as die tannie stilgebly het.

"Ek kon sweer dit was Louis L'Amour," sê sy, en dan hoor ek haar vir die eerste keer met oorgawe lag.

Ek kyk vir haar en weer vir Daniëlla en ek weet sommige mense is gebou vir alleen wees, maar ek is nie een van hulle nie.

Die meisie van Parys

Sanita Basson is in die sop.

Sy sit met 'n beklemming om haar hart op die sterverligte stoep van die opstal, die skoonheid van die soel Vrystaatse somersaand om haar onopgemerk, en wonder hoe die hele ding begin het. Vanoggend het sy wakker geword as 'n B.Com.-finalejaarstudent met die vurige hoop dat sy nie 'n vakansiewerk as kelnerin hoef te aanvaar nie, want daardie moordende ure op haar voete is 'n onmenslike manier om die laaste geldjies vir die jaar in Europa te verdien. En skaars twaalf uur later moet sy begin voorbereidings tref vir die grootste vernedering van haar lewe.

Haar enigste aandeel in die misverstand is dat sy van Parys af kom. Dié een op die walle van die Vaal. Die res is nie haar skuld nie, behalwe die noodleuen, waarvoor sy nou so duur moet betaal.

Die moeilikheid het vanoggend begin, toe die vrou van die agentskap gebel het. "Werk is skaars, Sanita. Maar ons het 'n navraag ontvang. Sien jy kans om die hele Desembervakansie 'n kind op 'n plaas op te pas?"

"Ja," het sy gretig geantwoord, want kinders is haar groot vreugde, en dit is oneindig beter as die restaurant-en-kroegbetrekking waar sy in die laatnag aan besope reisende verkoopsmanne van Johannesburg en Kaapstad bier en brandewyn met Coke bedien en na hul sinlose praatjies moet luister.

"Dié vrou het gehoor ons het Franse uitruilstudente wat au pair-werk soek en wil graag een hê om haar kleinkind tot net voor Kersfees op te pas, want die pa en ma is op 'n sakereis. Maar die Franse studente is klaar almal geholpe. Wil jy gaan hoor?"

"Asseblief, Mevrou," het Sanita gesê en aanwysings begin neerskryf.

Die misverstand het gebeur toe sy by die plaashuis net buite Bloemfontein aangekom en met ingehoue asem na die uitgestrekte tuine en indrukwekkende opstal gekyk het. Want toe kom tant Baby by die groot deur uit en begin dadelik babbel: "Ek is Baby Pretorius en jy is die meisie van Parys, Sanita. Dis so 'n mooi naam. Shame, jy kan seker nie 'n woord Afrikaans verstaan nie en ek praat nie Frans nie, maar ek het gesê ek wil niemand anders hê as 'n Franse meisie nie, al is dit ook nou net vir die ondervinding. Ek meen, as ek nie 'n Franse een kon kry nie, het ek sommer self die kind opgepas. Ek is seker ons gaan regkom om mekaar te verstaan. Ag, kyk hoe pragtig is jy, met die Franse vlegsel en al." Tant Baby het haar hande op Sanita Basson se skouers gesit en haar kontinentaal op elke wang gesoen.

Sanita wou op daardie oomblik sê nee, sy kom van die ander Parys af, Mevrou het seker verkeerd verstaan. Die woorde was praatgereed op haar tong, maar toe loop 'n driejarige dogtertjie met lang, bruin vlegsels en oë die kleur van donker koffie op die reusestoep uit en glimlag met 'n tamaai kuiltjie in elke wang.

"This is Laura," het tant Baby afgemete gesê en haar lippe die woorde oordrewe stadig laat vorm sodat die Franse meisie dit kon verstaan.

Sanita het op haar knieë gaan sit en haar arms uitgehou. Laura het soos 'n klokkie gelag en in die uitgestrekte omhelsing ingestorm.

"Kyk dan nou net," het tant Baby vir haarself gesê.

"Dié Franse is maar net anders." Sy het afgekyk na Sanita en stadig en nadruklik gevra: "So you want the job?"

Die noodleuen is gebore uit begeerte vir die werk en die onmiddellike aanklank met die warm bondel in haar arms. Die lieg was klein en nie 'n onwaarheid wat die betekenis betref nie. Die jok was in die taal.

"Oui," het Sanita Basson gesê, die enigste woord wat sy in Frans ken.

Tant Baby het haar die kamer gaan wys waar sy sou slaap, daarna die res van die huis, terwyl sy met 'n onuitputlike stroom van woorde gesels het, met 'n gereelde onderbreking van: "Ag, as ek maar net Frans kon praat, maar ek is seker jy verstaan my strekking," en nou en dan, wanneer dit 'n belangrike punt was, die stadige, lipafgeronde Engels: "Laura sleeps from two to three." Of: "Now, you first unpack."

Sanita se "oui" het elke keer makliker en met meer selfvertroue gekom, terwyl sy nog onbewus was van die slagyster wat sy vir haarself stel.

Die laatmiddag was 'n vreugde toe sy die plaaswerf ontdek het met Laura as gids. Die kind het tant Baby se opdrag, "leer die tannie al die Afrikaanse woorde, my lam," baie ernstig opgeneem en elke dier en implement, elke buitegebou en aktiwiteit met oorgawe in haar peuterbekkige taal beskryf.

Sanita het die noodleuen oordink en ná oomblikke van diepe skuldgevoel oor die bedrog teenoor 'n goeie, onskuldige vrou, dit gerasionaliseer met die Laura-doel wat die middel in 'n mate regverdig. *Boonop,* het sy gedink, *speel ons maar almal 'n rol in die lewe.* En sy behoort veilig te wees hier op die plaas. Dit is darem baie afgesonder.

Nadat sy vir Laura gebad het en self reggemaak het vir die aandete, het Sanita vir oom Servaas Pretorius aan die etenstafel ontmoet.

"Servaas, dis nou die meisie van Parys, Sanita Basson." Tant Baby het die van sonder die laaste letter gesê – "Bassô", soos sy gedink het dit in Frans uitgespreek moet word – en na Sanita gedraai. "My husband. Servaa." Ook sonder die medeklinker teen die einde. "Sy verstaan nie 'n woord wat ons sê nie. Jy moet stadige Ingels praat, maar is sy nie oulik nie?"

Oom Servaas het sy hand uitgesteek en met 'n vonkel in die oog gesê: "Dag, my kind, ek is Servaas met 'n 's', en jy lyk vir my soos enige goeie Boeremeisie, maar welkom op Kromdraai. Jy moet die tannie maar verskoon, maar sy is heeltemal beneuk met die Franse . . ."

"Servaas!"

"Sy verstaan mos nie, Baby."

"Maar darem, Servaas."

"Soos ek gesê het, Fransman, die tannie het 'n ding oor julle land omdat haar laatlam vir 'n maand lank daar was. Sy verstaan nie dat ons almal maar dieselfde is nie."

"Ag, Servaas, jy is tog so verbeeldingloos."

En so het dit deur die ete gegaan. Sanita het daarop gekonsentreer om soos 'n kontinentale vrou te eet – of dan minstens soos wat sy dink 'n jong Europese dame haar messegoed sou gebruik – en probeer om te lyk asof sy nie 'n woord verstaan wat die twee vir mekaar sê nie. Haar pogings was klaarblyklik suksesvol, want tant Baby het byvoorbeeld teenoor haar eggenoot opgemerk: "Kyk net hoe fraai eet sy, Servaas."

"Baby, die kind eet soos al die jongetjies eet. Te min, te stadig en met een oog op die skaal."

"Ag, sy's pragtig."

"Ja, 'n regte perdebylyfie."

"Servaas!"

"Maar, vrou, sy verstaan mos nie."

"Maar darem."

Dit was hier teen vrugteslaai-en-roomystyd dat die bom gebars het.

Tant Baby het na Sanita toe gedraai en gesê: "Ag, my kind, ek weet dit gaan vir jou sleg wees met niemand wat in jou taal kan gesels nie, maar jy moet net geduldig wees." Toe het sy opgespring, in die gang af verdwyn en oomblikke later met 'n geraamde foto van 'n jong swartkop man teruggekom.

"This," het tant Baby triomfantlik maar stadig gesê, "is Wiaan."

"Oui," het Sanita met geligte wenkbroue geantwoord.

"My youngest. He speaks French."

"Oui."

"He comes. Eight days. You talk to him."

"Oui," het Sanita weer gesê en probeer glimlag terwyl die betekenis van die woorde insink.

Die res van die aand was 'n waas van kommer wat stelselmatig in vrees verander het. Vrees vir ontmaskering en uiteindelike vernedering.

Toe die huismense gaan slaap het, het sy uitgesluip stoep toe om hier te kom sit, onder die sterre, met 'n vooruitsig wat swaar op haar hart rus.

En nou oordink Sanita Basson haar opsies. Sy kan vlug. Sy kan nou in haar motor klim en verdwyn en van Parys af (enige een van die twee) 'n briefie van verskoning en smeking om vergifnis stuur. Maar dan is sy die geld kwyt – en bes moontlik ook haar Europese avontuur.

Of sy kan bieg – moreoggend aan ontbyttafel met die hele sak Franse patats vorendag kom, verduidelik van haar onmiddellike band met Laura, haar groot behoefte aan 'n vakansie-inkomste, en die twee Pretoriusse smeek om haar te vergewe en haar nie in die pad te steek nie.

Maar die spinnerak van haar leuen het sy fyn drade nou

al te wyd gespan. Tant Baby sal té verneder voel. Sy sal dink aan al die goed wat sy en oom Servaas in Afrikaans gesê het.

En dan dink Sanita aan die derde opsie. Sy kan Frans leer. Sy het agt dae. Het sy nie al van daardie advertensies gesien wat bandopnames of iets bemark waarmee 'n mens vreemde tale in net 'n week kan leer nie? Sy kan moreoggend stad toe ry en 'n kursus gaan koop. Teen die tyd dat tant Baby-hulle se seun kom, kan sy al genoeg woorde sê om hom van die waarheid af weg te hou. Boonop bied dit 'n soort boetedoening, 'n soort integriteit aan haar leuen, want dan kan sy mos Frans praat, dan is die oneerlikheid so effens minder.

Dit is 'n strooihalm, maar die voordele daarvan groei in haar tot oorreding en dan gaan klim sy in die bed, vasberade, maar steeds benoud-bewus van die groot taak wat voorlê.

Vir een uur elke middag, wanneer Laura slaap, en lang nagtelike ure ontdek Sanita Bassô die geheimenisse van die Franse taal in haar kamer, met oorfone aan die bandmasjientjie gekoppel, 'n pen en skryfblok op haar skoot. Sy durf nie die woorde hardop agterna sê nie, uit vrees dat die huismense haar sal hoor. Daarom leer sy dié taal met 'n byna onhoorbare fluisterstem, met vasberadenheid en ywer – en 'n vae bekommernis omdat sy nie weet of sinne soos "le chat est sur le mur" (die kat is op die muur) haar enigsins gaan help om 'n sinvolle gesprek met Wiaan Pretorius te voer nie.

In die verloop van die agt dae doen sy twee ontdekkings. Die eerste is dat die taalkursus bydra om haar leuen te laat verdiep. Soos wat haar woordeskat vorder, leer sy vir Laura die Franse vertalings van woorde soos boom, koei, blom en tafel. En die kleine borreltjie lewenslus herhaal dit met groot fanfare, en tot tant Baby se algehele vreugde, net waar sy gaan.

Die ander ontdekking is dat dit 'n seën is dat sy nie tale studeer het nie, maar haar aanleg in syfers uitgeleef het, want sy het geen aanvoeling vir die ritme en vloei, die klank en aksent van die Galliese tong nie. Die woordeskat raak verlore in 'n diep donker gat en kom later skeef, krom en verkeerd terug. Behalwe die getalle van een tot tien.

In haar omgang met die huismense groei haar "oui" aan tot "s'il vouz plaît" en "merci". Toe oom Servaas haar 'n glas lekker rooiwyn laat proe en in stadige Engels vra of die Suid-Afrikaanse wyne dan nie net so goed soos die Franse eweknieë is nie, mompel sy, met groot waagmoed en waardering vir die vloeistof: "Le garcon est dans la maison" (die seun is in die huis), wat tant Baby se tone van lekkerkry laat krul. "Sy sê dis lekker, Servaas. Maar ai, hulle sê dit net soveel mooier."

Eindelik, op die vooraand van die groot tuiskomsdag, lê Sanita in haar bed met die vaste wete dat sy nog nie reg is nie. Nie eens naastenby nie. Sy weet sy gaan ontmasker word. Sy sien voor haar geestesoog hoe Wiaan wydsbeen in die voordeur van die opstal staan, sy arm uitgestrek, sy wysvinger in haar rigting gepunt, terwyl hy bulder: "Indringer!" Sy sien hoe sy verneder en geboë haar tas teen die stoep se trappies af na haar motor toe sleep, terwyl oom Servaas, tant Baby, Wiaan en Laura verwytend staan en toekyk.

Sanita Basson is reg om te huil.

Sy staan die volgende oggend op met 'n vasberadenheid om die nekslag so lank as moontlik uit te stel. Sy werskaf in die kombuis aan 'n piekniekmandjie en neem later vir Laura veld toe, na 'n koel plekkie langs die spruit waar hulle baljaar en sy eindelik vir Laura in Afrikaans die hele storie vertel. Die driejarige het geen begrip vir die erns van die saak nie – sy dink dit is alles deel van die lekker speletjies wat hulle die afgelope week of wat gespeel het, maar Sanita voel beter. Sy het minstens aan een mens die volle waarheid vertel.

Teen laatmiddag, toe sy nie langer kan uitstel nie, stap hulle stadig terug. Sanita met die hangende skouers van iemand wat gevonnis gaan word.

Daar staan 'n vreemde motor voor die huis en tant Baby wag hulle op die stoep in. "Wiaan rests," sê sy. "Die arme kind is so moeg na die lang reis, maar hy sal seker vir ete by ons aansluit. He eats with us later. O, dan gaan julle so lekker gesels, ek kan nie wag nie. Arme kind, jy verlang seker al so vreeslik om weer jou moedertaal te kan hoor."

Tant Baby stap saam met haar die huis in en Sanita is dankbaar vir die ekstra uur of twee wat sy wen voor die guillotine val.

Sy bad vir Laura, gaan maak haarself dan mooi met die gedagte dat sy minstens 'n laaste indruk kan maak voor haar totale ontmaskering, en stap toe stadig na die eetkamer toe tant Baby haar nou al tradisionele: "Sanita, we eat!" laat hoor.

Wiaan Pretorius is nie aan die etenstafel nie.

"He comes. Ek weet nie wat met die kind aangaan nie, ek het hom gepor, hy is wakker. He comes. Now."

"Maak hom seker mooi om die Franse nooi te ontmoet," sê oom Servaas.

"Servaas!" waarsku tant Baby by voorbaat en begin inskep.

Dan kom hy in.

Sanita sien hy is lank; sy oë is sag en sy glimlag skeef en senuagtig, en sy hoop vir 'n oomblik dat hy haar genadig sal wees.

"Bonjour," sê hy. "Wiaan." Hy steek sy hand uit.

"Bonsoir," sê sy. "Sanita."

Hy neem haar hand. "Je ne parle pas français. Potage Saint-Germain. Escargots à l'alsacienne. S'il vouz plaît."

Sy verstaan nie 'n woord wat hy sê nie, hy praat te goed Frans, te vinnig, dink sy, maar sy moet antwoord.

"Je suis de l'Afrique du Sud." As sy hom waarsku dat sy 'n Suid-Afrikaner is, as sy eerlik is, dink sy, ontferm hy hom dalk oor haar.

"Non, non, je ne comprends pas."

Hy glo haar nie, hy vang nie die skimp nie, hy verstaan nie wat sy vir hom wil sê nie. Natuurlik sal hy nie verstaan nie, maar tant Baby praat en red haar. "Oe, dit is so mooi, ag, kyk hoe straal sy, my kind. Ek is so trots op jou. Kom sit julle, laat ons eet, maar gesels, Wiaan, die kind is so uitgehonger vir haar taal. Sit jy daar langs haar."

"My Frans is verroes, Ma. Laat ons net eers eet."

Ja, dink Sanita. Nog 'n paar minute gewen. Sy kry darem 'n laaste aandete.

Die minute word 'n uur toe oom Servaas vir Wiaan uitvra oor sy nuwe werk as junior kopieskrywer by 'n groot reklameagentskap in die Wes-Kaap, en hy net nou en dan vir Sanita iets in Frans sê wat ver bokant haar vuurmaakplek is, maar elke keer rus sy oë sag op haar en glimlag hy simpatiek.

Die dankbaarheid groei in Sanita Basson. Daar is ook iets anders, 'n aangetrokkenheid, en sy wil huil. Of lag. Ná drie jaar van student wees het sy nooit regtig verlief geraak nie, dink sy. En nou, op die man wat vir haar grootste vernedering gaan sorg . . .

"Ek en Sanita gaan so 'n bietjie op die stoep gesels," sê Wiaan Pretorius net ná die koffie.

"Natuurlik, my kind," sê tant Baby.

"Laat dit by gesels bly."

"Servaas!"

"Sy verstaan nie, Baby."

"Maar darem, Servaas."

Wiaan staan op en hou sy hand galant na Sanita uit. "Tournedos en croûte," sê hy.

Sy staan op, neem sy hand en stap uit stoep toe. Hy wys na een van die diep gemakstoele en sy gaan sit, maar hy bly staan. Hy loop so 'n draai op die stoep.

"Hoe kan ek dit aan jou verduidelik, Sanita Bassô?" vra Wiaan in Afrikaans, en loop dan nog 'n draai. "As jy net nie so mooi was nie. As ek net nie gaan staan en verlief raak het nie. Een uur aan die etenstafel en die situasie verander van 'n ongemaklike grap na 'n onmoontlikheid."

Hy kom sit voor haar op sy hurke. Haar hart klop in haar keel en sy wil skree: "Ek verstaan, ek verstaan!" maar sy durf nie.

"Je ne parle pas français," sê hy en neem haar hand. "Ek praat nie Frans nie, Sanita. Ek verstaan nie eens Frans nie. Dis my ma se skuld. Sy het dit so geniet toe ek terugkom verlede jaar en ek allerhande goedjies in Frans kon sê, toe bewaar ek maar die skyn, want 'n man se ma moet kan lag en trots wees. En hoe gaan jy nie lag as jy weet ek het op die lughawe 'n Franse resepteboek gekoop en die disse se name geleer net om iets vir jou te kan sê nie. Maar hoe gaan ek dit aan jou verduidelik uit 'n kookboek uit? Wat de duiwel gaan ek doen?"

Dit is nie net die idee van die resepteboek wat haar laat reageer nie. Dit is die verbreking van meer as 'n week se spanning, die wete dat hulle saam in dieselfde noodleuenweb gevang is, die wete dat alles op die een of ander manier gaan regkom, wat Sanita Basson laat lag, 'n helder lag wat van die stoep af opstyg en oor die plaaswerf uitkring in 'n kristalklank van verligting en verliefdheid.